KB160172

버킷리스트

-들풀 이용섭의 기록-

프롤로그

스무 살, 공업고등학교를 졸업하고 머나먼 타국 사우디아라비아에서 일할 때 무슨 이유 때문인지 불면에 시달려 몇 달을 고생한 적이 있었다. 밤에는 말똥말똥, 낮에는 비실비실, 의무실에 가서 수면제라도 타다 먹고 잠 좀 시원하게 잤으면 좋으련만 담당자는 상투적인 말만 할 뿐 별다른 도움을 주지 못했다.

"운동 좀 해보시죠, 그리고 따뜻한 물로 샤워하면 잠이 잘 올 겁니다."

'누구는 이 방법, 저 방법, 안 써본 줄 아나?'

몇 날 며칠을 고생하니 자연발생적으로 몽상이 시작되어 나중에는 아예 잠을 청하지도 않고 몽상을 즐겼다. 그때 아산의 월랑국민학교로 전학 갔을 때의 추억을 기록한 월랑의 밤이 탄생했다. 훗날 10여 년이 지난 뒤부터 이것저것 끄적거린 것을 모아 환갑 때 책을 내려고 했으나 차일피일 늦어져 5년이 훌쩍 지나가 버렸다.

제대로 정리하지 못한 것 같은 미흡함에 부끄럽지만 묵은 숙제를 끝낸 듯하여 후련하다.

차례

CONTENTS

중고딩 시절

앗 싸라비아

젖소를 키우며

팔불출의 삶

아직도 욕심과 전쟁 중

삶의 현장에서

대학 편입기

단편소설

월랑의 밤

빗나간 계산

1967년 3학년 1학기 여름방학이 시작됨과 동시에 나는 전학을 가게 되었다. 아버지께서 근무하시는 충남 아산의 산골짜기 '월랑' 국민학교다. 친구들 모두 날 부러워했다. 월남(당시 친구들과 나는 월랑과 월남을 혼동했다)으로 전학 가니 말이다.

"거기 가면 바나나는 실컷 먹겠구나!"

"네가 가면 우린 섭섭하다."

내 이름 끝에 섭 자가 있어 더욱 섭섭하다고 강조한다. 난 그냥 즐거웠다. 정든 친구들과 헤어지는 것은 아쉬웠지만 새로운 그곳에서 무엇인가 재미나는 일이 생길 것만 같았기 때문이다. 그리고 무엇보다도 나를 즐겁게 한 것은 그곳이 산골이라는 점이다.

'분명히 그곳은 평평한 땅이 별로 없어서 달리기를 잘하는 애들이 별로 없을 거야.'

'운동회 때에 내가 일등을 할 것은 뻔한 노릇이고 공책 세 권은 틀림없이 따놓은 걸 거야.'

그러나 너무나 달랐다. 뻥 둘레엔 산이지만 논과 밭, 그리고 저수지까지 있었으며 애들 모두 나보다 달리기를 더 잘했다. 운동회날 난 키가 큰 덕택(?)으로 맨 뒤에서 큰 애들과 뛰느라고 그나마 3등도 못 하고 겨우 꼴찌를 면했을 뿐 공책과는 인연이 멀었다.

머나먼 월남 땅이 어디에 있었는지 몰랐던, 공책 세 권을 엄청나게 큰상으로 여겼던 순진했던 시절이었다.

학예회

학예회 때 노래를 부르고 싶은 사람은 손들어 보라고 담임선생님께서 말씀하셨다. 아무도 손드는 친구들이 없었다. 한참이 지나도 손드는 친구들이 없자 난 아무 생각도 없이 불쑥 손을 들고 말았다.

집으로 돌아와 지정된 노래를 연습했다.

"잎새 뒤에 숨어 숨어 익은 산딸기, 지나가던 나그네가 ♩♪♬ ♩♪♬ ~~~~~~"

내가 학예회 때 노래를 부르다니…….

노래를 부르는 그 자체보다 어떻게 손을 드는 용기가 났는지 나도 잘 모르겠다. 그리고 그 무대엔 아버지께서 지도하신 연극도 있었다. 어리숙한 노부부가 시집간 딸에게서 온 것으로 추정되는 엽서를 붙들고 네 구석을 만지기도 하고 냄새를 맡아보기도 하면서 딸내미가 손자를 낳았을까, 손녀를 낳았을까에 대해 얘기를 주고받는 내용이었다.

어쨌거나 학예회는 무사히 잘 끝났다. 다음 날, 아버지께서 이런 말씀을 하셨다. 내가 부른 노래의 박자가 엉망이었다는 것이다. 당시 풍금을 치셨던 우리 담임선생님께서 그렇게 말씀하시더란다. 난 박자가 무엇인지 몰랐다. 그냥 불렀을 뿐이다.

발발발 떨면서…….

지금도 그때처럼 박자를 잘 맞추지 못한다.

짝꿍

한 학년에 두 학급이 있었고 남녀가 한 반에서 수업을 들었다. 월남에서의 무용담을 자주 들려주셨던 남자 담임선생님은 분단의 이름을 부대명으로 지었다. 배방에선 아무리 열심히 해도 좋은 성적이 안 나왔는데 이곳에서 처음으로 2등을 했다.

1분단에 앉는 건 당연했고 내 양옆엔 1등과 3등이 앉았다. 성적대로 앉은 것이다. 1등은 얼굴이 좀 하얀 윤○○란 여자애였다. 우리 분단의 부대 이름은 기억나지 않는데 백마부대나 맹호부대쯤 되리라. 그나마 확실하게 기억하는 것은 마지막 분단의 이름이 백골부대였다는 것인데, 무얼 하는 부대인지는 잘 모르겠다.

윤○○의 옆자리엔 늘 바늘방석이 놓여 있는 것 같았다. 안절부절못하면서 얼굴이 붉어지고 선생님의 말씀이 귀에 잘 들어오지 않았다. 다른 애들이 나만 쳐다보고 놀리는 것 같아 얼굴이 더욱 붉어졌다. 제일 예쁜 애와 앉았다고 말이다. 몰래몰래 그 애의 공책과 표정을 훔쳐보았다. 그러나 그 앤 너무나 태연했다. 그래서 좀 섭섭했다. 그 애는 나처럼 얼굴을 붉히지 않았으니 말이다.

깨알처럼 써놓은 글씨가 얼굴과 똑같이 둥글고 예뻤다. 그러나 글씨는 나보다 잘 쓰진 못했다. 내가 더 잘하는 것도 있었네…….

‘지우개 좀 빌려줄래’라는 말조차 걸어보지 못한 것으로 기억된다.

만화

온양온천국민학교에서 열리는 군 미술대회에 나가게 되었다. 여기 월랑은 버스도 들어오지 않는 곳이어서 전날 미리 천안으로 출발해야 했다. 운이 좋아서 대절해 들어왔던 택시를 타고 내일 대회에 갈 몇몇 선배들과 천안에 사시는 선생님 댁으로 향했다.

안경을 꼈던 선생님이셨는데 빚이 무척 많다고 친구들 사이에 소문이 나 있었다. 천안 선생님 댁에는 내 또래의 사내아이도 있었는데 그 애의 책꽂이엔 만화책이 수북이 꽂혀있었다.

'이럴 수가? 선생님의 아들이 어떻게 만화책을 책꽂이에?'

나로서는 상상도 할 수 없는 부러운 일이었다.

내가 제일 좋아하는 만화책, 내일 미술대회고 뭐고 이 만화책만 보고 싶었다. 내일 아침 일찍 이곳을 떠나야 하기에 난 오늘 밤 안에 이 많은 만화책을 다 봐야 한다. 그러나 너무 졸리다. 한 권도 다 보지 못하고 잠들어 버렸다. 세상에 이렇게 재미있는 만화책을 두고 잠들어 버리다니 너무도 속상했다.

집에서는 만화책을 교과서 뒤에다 놓고 보다가 아버지의 기침 소리나 발소리가 들리면 재빨리 이불 속에 집어넣고는 책을 보는 것처럼 태연

해야 했었다. 그렇다고 내가 만화를 본다고 혼난 적은 한 번도 없었다. 여기서는 마음 놓고 보다니 참으로 좋은 집이라고 생각이 되기도 했지만, 아닌 것 같기도 한 혼돈 그 자체였다.

우리 아이들에게는 어떤 책이든 편안하게 볼 수 있도록 해야겠다.

미술대회

미술대회 전날 월랑국민학교를 출발하여 천안에 사시는 선생님 댁에 머문 후 다음 날 천안에서 출발하여 온양온천국민학교에 도착했다. 그곳에서 배방국민학교 친구들, 그리고 내 고향 이내 여자 동창들도 만났다. 난 그 친구들과 대결할 것이다. 물론 그 애들보다 뒤지지 않을 것이다. 얼마나 연습을 많이 했는데…….

선생님께서 동화를 읽어주시면 거기에 맞추어 그림을 그렸었다. 그러나 이순신 장군 얘기나 교통신호, 또는 소방차에 관해서 나오면 잘 그려낼지 걱정이라고 선생님께서 말씀하셨다. 나는 그런 걸 한 번도 못 본 촌놈이니 말이다. 우리를 인솔했던 천안 선생님과 헤어지고 새 선생님의 호명에 따라 우리는 이쪽저쪽으로 가서 줄을 섰다.

그런데 나와 함께 줄을 선 사람들은 동급생들이 아니고 한두 학년 선배들이었다. 이상했지만 난 그들을 따라 교실에 들어갔다. 도화지를 받았는데 뒤에는 도장이 찍혀있었고 교탁 위엔 꽃이 활짝 핀 채 웃으며 꽃병 속에 꽂혀있었다. 난 울상이 되었다.

생전 그려보지도 못한 정물화를 그리라는 것 같은데 너무나 어처구니가 없었다. 옆에는 크레용이 아닌 물감을 풀어 붓으로 그리는 사람뿐이었다. 간혹 크레용과 물감을 사용하는 학생도 있으나 나처럼 크레용만 준비한 사람은 아무도 없었다. 뒤에다 이름만 써놓고 한참이나 앉아 있었는데 감독하시던 선생님이 지나가시기에 쳐다보니 내 고향 동네에 사시는 신 선생님이셨다.

나는 그때까지 그분이 선생님인 줄 몰랐다. 울음 섞인 목소리로 "난 동화를 그리러 왔습니다. 이 교실이 아닌 것 같아요. 아마 우리 학교 선생님이 잘못 아시고 여기에 끼워주셨나 봅니다"라고 호소했지만, 울먹이는 나의 말을 신 선생님은 알아듣지 못하시고 내 어깨만 툭툭 치면서 침착하게 그리라고 말씀하시면서 앞으로 나가셨다.

분명히 내 옆에서 그리던 다른 사람들은 내가 장난하러 온 줄로 알았을 것이다. '크레용으로 정물화를 그리다니' 하면서.

그런데 다음 날 이런 소문이 퍼졌다. 내가 미술대회에서 13등을 했다는 것이다. 이런 터무니없는 소문이 어떻게 퍼졌는지 모르겠다. 우리 담임선생님도 그렇게 알고 계셨다.

천사같이 예쁘신 담임선생님마저 (13등이면 좀 잘한 것이라고 하시면서) 오해하시다니…….

다 그리지도 못했는데 13등이고 20등이고 어떻게 나온단 말인가? 실격이지. 자초지종 다 말씀드렸다. 그리고 난 나를 데려다준 천안 선생님께 항의라도 했으면 좋겠다고 생각했지만, 뭐 그리 대수롭지도 않은 일로 그러느냐는 듯한 미소를 띠시는 담임선생님이 너무 미워 보였다.

이삼 일이 지나자 소문도 사라지고 다시 우리 담임선생님은 천사처럼 예뻐 보였다.

화투 노름

화투놀이가 나쁘다고 어렸을 때부터 쭈욱 들어왔지만 한두 해 선배들이 놀음하는 곳을 구경삼아 자주 다녔다. 나는 그때 도리짓고땡이나 뽕, 섯다를 모두 배웠다. 애들은 자주 밤마다 화투 노름을 했다. 어떤 애는 학교에 낼 돈까지 잃고 몰래 쌀도 팔고, 남의 돈도 꾸어서 그 일을 했다.

그런데 여기선 꾼 돈은 안 갚아도 된다고들 말한다. 같이 갔던 친구가 얘기해 주기를 돈이 있어도 꿔줘선 절대 안 된다고 말했다. 어느 날 놀러 갔을 때 돈을 잃은 한 아이가 돈을 꿔 달란다. 그때 십 원이 있었는데 돈 없다고 거짓말을 했다간 주머니를 뒤진다고 덤벼들면 큰일이라 생각하고 그 돈은 얼른 꿔 줬다.

그리고 다신 그곳에 안 갔다.

짓궂은 하○이

좀 짓궂은 친구 중에 하○이란 사내애가 있었다. 어떤 공책의 제일 뒷장에 이런 낙서를 했다. 동그라미(○)를 그려놓고 다시 그 안에 점(·)을 찍어 놓고는 이것이 여자의 그거란다.

⊙ … 이렇게.

옆에 있던 나는 얼굴이 빨개졌다. 몹시 부끄러웠다.

그러나 가만히 생각하면 그것은 아무것도 아니었다. 오줌 눌 때 사용하는 것인데 무엇이 그리 부끄러웠을까? 그러나 여자애들의 손이나 발, 몸의 어느 일부를 생각하고 말하는 것이 모두 부끄러운 걸 어찌하랴.

좀 부끄럽다고 눈이나 귀를 막는 애는 없었다.

열한 살짜리 사내애들이 그런 얘기들을 한다는 게 아무래도 무언가 잘못된 것 같았다.

그 당시 여학생들은 남학생들을 어떻게 생각했을까?

좌절된 고기잡이

동네의 몇몇 친구들과 동생들이 둔포의 갯벌에 가서 게나 고기를 잡자는 의견이 나왔다. 그곳에는 넓은 바다가 있고 꽃게, 조개, 조그마한 송사리 같은 고기는 지천으로 널려있으니 우리는 그저 줍기만 하면 된다는 것이다. 서로서로 아무에게도 얘기하면 안 된다고 당부하고 다음 날 아침을 일찍 먹고 우리는 출발했다.

콧노래가 절로 나왔다. 그 바닷물고기를 잡아 오면 아버지 술안주로 딱 맞을 테니까. 그러나 모두가 빈손뿐 잡는 아무런 도구가 없었다. 그저 바닷가에 가면 고기를 주우려니 생각했으니까. 서로들 음악 시간에 배운 노래를 부르면서 신발을 양손에 한 짝씩 들고 박자를 맞추며 전진했다.

만약에 고기를 많이 잡으면 어디에 넣고 가져오지? 하는 질문에 이구동성으로 양손에 들려있는 검은 고무신 속에 넣어서 오잔다. 그 안에 꽃게는 여러 마리를 넣을 수 있고 그 사이사이에 조개랑 붕어도 넣자고 재잘거렸다.

난 그저 기분이 좋았다. 고기를 잡는 것보다 바다 구경만이라도 하고 싶었다. 산과 들, 그리고 수많은 논과 밭을 지나갔다. 그러나 소나무 숲을 지나 커다란 둑이 있고 둑 위에 방공호가 파여 있는 곳에서 우리의 실행은 좌절됐다.

누구의 아버지인지는 모르나 밭에서 일하시다가 애들이 바닷가로 고기를 잡으러 갔다는 말을 듣고는 그 길로 계속해서 달려오셨단다. 그 아저씨는 죽으려고 환장들 했냐면서 자기 아들의 종아리를 막 때렸다.

우리는 모두 그 아저씨의 가늘고 긴 장대의 다스림을 받는 염소 떼처럼 끌려 돌아올 수밖에 없었다. 꼭 고기를 잡고 싶었는데…….

정말 바다가 꼭 보고 싶었는데…….

2004년 2월 어느 일요일 그 옛날에 이루지 못한 둔포 앞바다를 보기 위해 마누라를 재촉해서 도보로 다녀왔다. 월랑국민학교까지 버스로 가서 거기서부터 북쪽 또는 서쪽을 향해 걸어갔다. 쌍용국민학교와 윤보선 대통령의 생가를 지나 장장 4시간 40분 만에 도착한 둔포 앞바다. 그러나 그곳은 이미 바다가 아니었다.

우리가 알고 있는 아산만호였다.

그곳이 예전의 둔포 앞바다와 연결된 걸 뒤늦게 알았다. 37년 만에 소원을 이루었으니 게도 잡고 물고기도 잡아야 하는데 호수는 꽁꽁 얼어있었다. 얼음으로 덮여있는 드넓은 아산만호를 보고 나보다 마누라가 더 좋아한다.

아! 오길 잘했다.

화장실 괴담

세찬 바람이 다소 누그러진 겨울 어느 날 밤. 밤늦은 시간에 학교 소사 아저씨가 방문을 두드렸다. 아버지께서 나가시자 소사 아저씨는 아버지께 뭐라 말씀을 하신 뒤 함께 학교 쪽으로 가셨다. 한참 있다가 들어오신 아버지의 얼굴은 어이없다는 표정이었다.

새로 지은 변소에서 큰 아이의 울음소리가 나기에 화장실 문을 다 열어봐도, 누구 없느냐고 소리쳐 봐도 대답은 없고 더욱더 큰 소리로 우는 소리가 나더란다. 소사가 가져온 손전등을 가지고 밑에 있는 똥통을 살펴보았는데 아직 완공도 안 된 변소이기에 그렇게 더럽지는 않았지만, 한쪽 구석에서 어떤 애가 악을 쓰고 울고 있더란다.

올라오라고 해도 막무가내로 악을 쓰고 있어서 할 수 없이 내려가 어르고 달랬더니 한참 후에야 저도 지쳤는지 자초지종 얘기했단다. 자기는 3대 독자인데 오늘 졸업식 연습 때 아무 상도 없어서 아버지 볼 면목도 없고, 조상 볼 면목도 없어서 어떤 상이든지 타가야 한다고 했다는 것이었단다.

한참 후에야 그 아이에게 상을 주겠노라고 약속하고 돌려보냈는데 너무 기가 막혀 사택에 있는 선생님 몇 분과 상의하셨단다. 이미 상은 만들어졌기에 어떻게 해야 할지 고민 중에 한 선생님께서 공로상을 주자고 하여 모두 찬성하고 헤어지셨단다.

다음 날 그 선배의 집안은 경사가 났으리라.

졸업식 때 상도 떼쓰면 탈 수 있는 거라고 생각하니 그 선배가 대단해 보였다.

우물물 對 샘물

어머니께선 사택 뒤의 하천과 붙어 있는 샘에서 물을 길어다가 식수로 사용하셨다. 비가 오면 고스란히 그 샘물은 빗물과 섞인다. 지붕이 없기 때문이다. 나는 그 샘물을 떠 오는 어머니께 불만이 많았다. 옆 사택에 사는 인경이의 오빠가 우리 집을 비웃기 때문이었다. 그 샘물은 대장균이 우글거려 사람이 먹을 수 없다는 것이다.

나도 그렇다고 생각했기에 어머니께 그 샘물을 먹지 말고 학교 안에 있는 지붕이 있는 우물물을 먹자고 했지만, 막무가내 듣지를 않으셨다. 소독 냄새가 싫다는 이유였다. 할 수 없이 나도 엄마 편이 되었다.

그래서 인경이 오빠에게 따졌다. 대장균이 있는지 없는지 어떻게 아느냐고, 그랬더니 하늘에서 떨어지는 빗물하고 땅속에서 솟아나는 물하고의 차이도 모르냐다. (바보 아니야? 하는 듯하면서)

그래서 난 학교에 있는 우물물은 소독 냄새도 나고 가끔 모래도 섞인다고 따지자 인경이 오빠는 소독약보다 더 좋은 것이 없다고 대꾸했다.

샘물이 좋지 않다는 것을 알면서도 난 그 소독내 나는 물은 먹지 않았다. 비록 대장균이 우글거린다 해도 소독내 나는 물보다는 훨씬 신선하니까.

그래서 엄마들은 자식을 찾나 보다. 조건 없이 편들어 준다고…….

헤엄치기

물 위를 둥둥 뜨는 것이란 그 무엇과도 바꿀 수 없는 즐거움이리라. 내 새끼손가락보다도 작은 소금쟁이들은 다리에 물도 묻히지 않고 이리저리 잘도 다니는데 당시에 나는 헤엄을 칠 줄 몰랐다. 여기에 있는 애들 대부분 물 위에 떠서 가라앉지 않으면서 잘도 떠다니는데 나는 헤엄칠 줄 몰라 창피했다.

꼭 배우고 싶었다. 애들이 저수지로 헤엄치러 갈 때 나는 혼자 작은 둠벙으로 갔다. 이곳 월랑에는 둠벙이 많았으며 물이 땅속에서 솟아나기 때문에 한여름에도 물이 아주 차가웠다. 내 키가 파묻힐 정도의 깊은 둠벙이지만 폭이 좁으므로 나 같은 초보자가 배우기엔 안성맞춤이다. 최대한 빠르게, 한 번의 추진력으로 반대편 둑에 꽂혀있는 말뚝을 잡고 잠시 쉬었다가 되돌아오는 아주 원시적인 방법으로 헤엄을 쳤다.

가끔 거머리가 나타나면 기겁하고 물 밖으로 튀어나오기도 했다. 그렇게 연습하니 제법 둠벙 가장자리를 두 바퀴 정도는 돌 수 있게 되었고 숨을 크게 들이마시고 물속으로 반대편 둑까지 가기도 했다.

드디어 월랑저수지로 갔다. 낚시꾼은 많지 않았지만 고기도 많고 물도 맑은 곳이다. 위험한 곳인데도 헤엄치는 걸 금지하지 않아 우리는 여름이면 자주 놀러 갔다. 거기에는 누가 만들어 띄워 놨는지 송판으로 듬성듬성 엮어 놓은 널빤지가 있어서 우리는 그것을 가지고 놀았다.

널빤지의 중심에 서서 누가 오래 서 있을 수 있나 내기도 했는데 널빤지는 2~3초도 안 되어 물속으로 들어간다. 물속으로 들어갔던 널빤지에 부딪히면 다치기 때문에 피해 있다가 잔잔한 수면과 같이 떠오를 때까지 기다린다.

그렇게 여러 날을 재미있게 놀았더니 내 귓속이 이상해지기 시작했다. 진물이 흘러내리더니 나중에는 고름이 귀를 막아버렸다. 잠을 잘 때는 귓속에 바윗덩이가 들어있는 것 같았다. 어머니의 정성스러운 치료로 나았으나 다시 배방으로 전학 오는 바람에 월랑저수지와의 인연은 멀어졌다.

물에 뜨면 뭘 하노. 멀리 가지 못하는데…….

거머리와의 전쟁

수영할 때 귀에 물이 들어가는 문제보다 더 심각한 문제가 있었다. 거·머·리. 그놈이었다. 친구들 간에도 그놈이 나타나면 기겁하고 밖으로 나와 헤엄치기를 멈추곤 했다. 특히 우리 사이엔 그 거머리란 놈이 똥구멍으로 들어가 배 속에 알을 까면 우린 죽는다는 얘기가 있어 더욱더 그놈을 겁내야 했다.

그놈은 언제 어디서나 나타나며 한꺼번에 여러 마리가 어느 한 곳을 빨기도 했다. 눈에 보이는 대로 떼어내면서 수시로 그곳에 손을 대 본다. 아무것도 잡히지 않았다. 그래도 가려운 것 같기도 하여 여전히 불안해했다.

수영이 끝난 후 몸을 말린 다음 꺼먹고무신을 신고 터덜터덜 집으로 걸어오는데 자꾸만 발가락 사이가 가렵다. 아까 빨렸던 곳이라 그렇겠지. 집에 가서 담배꽁초를 끼워 넣으면 괜찮으리라. 한참 후 그래도 이상해 신발을 벗어본다.

아니, 아까 빨아 먹던 그곳을 또? 이 거머리란 놈은 한번 빤 곳이나 상처가 있는 곳엔 언제나 다시 물고 늘어진다. 벌써 거머리의 몸뚱이는 더 이상 내 피를 빨 수 없는지 내 발가락으로부터 떨어져 나가 있었다. 거머리의 온몸은 빨갛고 통통 불어있었다.

이런 억울할 일이…….

우린 이 거머리를 죽이는 법을 알고 있다. 우선 사금파리나 날카로운 돌로 머리나 꼬리 둘 중의 한 곳을 직 찢어 놓은 다음 강아지풀이나 질경이 줄기로 그놈의 껍질과 속을 완전히 뒤집어 길거리에 말려 놓는 것이다. 나도 이 방법을 썼다. 이 방법을 쓰지 않고는 도저히 기분이 풀리지 않았다. 그러고도 다시 조용히 그곳에 손을 대본다.

없다. 확실하다. 그러나 돌아오는 내내 대여섯 번이나 확인했는데도 의심스럽다. 물린 곳은 담배꽁초를 끼워 넣으면 잘 나았다.

거머리! 민물에서는 여전히 공포의 존재다.

집 없는 천사

같은 사택 내에 한 선생님이 다른 학교로 전근하러 가시게 되었다. 샘물보다 우물물이 더 위생적이라고 주장한 그 선배네이다. 정신없이 짐을 싸는 걸 구경하고 있는데 한 소년이 몇 마리의 개와 원숭이를 데리고 다니는 그림이 그려진 책 표지가 눈에 띄었다.

'집 없는 천사'

난 왠지 그 책이 보고 싶었다. 다른 책도 있었지만, 꼭 그 책만은 보고 싶었다. 이사 가는 사람에게 빌려 달랠 수도 없고 그 선배와는 감정도 안 좋은데 그냥 달랠 수는 더더욱 없었다. 많은 사람이 분주하게 움직이는 틈에서 두 근 반 세 근 반 하고 뛰는 가슴을 달래며 이리 갔다 저리 갔다 하다가 드디어 그 책을 들어 품속에 집어넣었다.

뒤도 돌아보지 않고 앞만 보며 빠르게 걸었다. 뒤통수가 너무 뜨거웠다. 처음으로 읽어 본 긴 글이리라. 너무나 재미있고 슬퍼서 눈물을 펑펑 흘렸다. 그런데 아쉽게도 끝까지 다 읽지를 않아 결말은 잘 모른다.

집 없는 천사가 엄마를 만났나? 아니면 못 만났나?

쓰리꾼

학교 근처에 친척 집이 있었다. 부부와 아들 하나가 살고 있었는데 어느 장날에 아줌마가 닭 몇 마리를 묶어서 천안으로 장을 보러 가셨었다. 그런데 웬 청년 둘이 모자를 들먹이며 인사를 하더란다. 그러는 사이에 정신이 몽롱해지고 자기가 어떻게 해야 좋을지 몸이 말을 듣지 않았단다. 어느 천장이 높은 집으로 안내를 받았는데 그 집에선 돈을 훔치는 기술을 가르치고 있더란다.

그 뒤로 정신을 잃고 쓰러졌는데 아무것도 기억은 없고 깨고 나니 낯선 길 위에 쓰러져 있었단다. 가지고 갔던 물건과 장 보려던 돈은 온데간데없어지고 잔돈 몇 푼밖에 안 남았단다. 이웃집 아주머니들이 재잘거리는데 그 청년들은 쓰리꾼임에 틀림없고 모자를 자꾸 만지작거린 걸 봐서 모자 속에 마취약이 있었을 거라는 둥 여러 얘기가 나왔다.

아줌마들이 결론을 내리시길 앞으로는 혼자서는 장을 보러 가지 말고 모자를 쓴 사람들은 의심스러우니까 가까이 가지 말자고들 했다.

세상에 그런 마취약이 있었을까 아직까지 난 의심스럽다.

과자가 먹고 싶어서

학교 정문 앞의 석이네를 놀러 갔다. 가는 날이 장날이라고 석이네 집에서 큰일이 일어났다. 돈 50원이 없어졌단다. 석이 엄마가 이곳저곳 다 뒤졌으나 돈은 나오지 않았다. 도둑이 가져갔다는 얘기도 있었는데 이런저런 생각을 하시던 석이 엄마가 갑자기 뛰어나갔다.

내가 1원짜리 딱지를 샀을 때 그림이 겹쳐있어 여러 번 바꾸었던 학교 옆 그 가게로 간 것이다. 아니나 다를까 석이 여동생이 과자봉지와 거스름돈을 가지고 있었다. 석이 엄마는 가게 주인과 대판 싸우셨다. 왜 어린애에게 이렇게 큰돈을 받았느냐고 따지자,

“엄마가 심부름시켰다고 해서 팔았다”라고 했다.

석이 엄마는 그 과자를 돌려주고 돈으로 바꿔왔다. 석이 여동생은 두려운 표정을 하고 있었다.

‘이젠 엄마한테 맞아 죽겠지!’ 하는 표정으로…….

석이 엄마는 회초리를 들고 종아리를 때렸다. 석이 여동생은 며칠 전부터 이게 먹고 싶다, 저게 먹고 싶다, 노래를 불렀다고 한다. 돈을 훔쳐서 과자를 샀으나 차마 뜯지 않고 있었다. 몹시 불안했으리라.

회초리로 딸의 종아리를 때리던 석이 엄마도 딸을 부둥켜안고 우시기에 나는 그 자리에 있기가 미안해 슬그머니 밖으로 나왔다.

과자! 그것조차도 쉽게 사 먹을 수 없었던 가난한 시절이었다.

배방의 추억

짚동가리 방화사건

국민학교 들어가기 직전인 일곱 살쯤 됐을 때인가 보다. 막 겨울이 시작된 어느 날 집 밖으로 놀러 갔는데 철이가 손을 흔들며 나에게 다가왔다. 성냥갑 하나를 주웠다면서 장난을 치자고 한다. 마침 눈에 띄는 것이 있었다. 논 여기저기에 쌓여 있는 짚동가리들!

누가 먼저랄 것도 없이 우리는 그곳으로 갔다. 짚동가리 앞에선 철이가 성냥 한 개비를 꺼내어 찍찍 그어댔다. 그러나 쉽게 불이 켜지지 않았다. 여러 차례 긁은 후에야 겨우 불이 댕겨졌다. 짚동가리 한 귀퉁이에 불이 붙었다.

"확…"

곧바로 우리는 손바닥으로 후다닥 불을 껐다. 그런 후 철이는 나보고도 불을 붙여보라고 성냥을 내밀었다. 나는 성냥을 켤 줄 몰라 손사래를 치자 철이가 다시 성냥불을 댕겨 짚동가리에 불을 붙였다. 이번엔 좀 더 기다린 다음 우리는 손바닥으로 다시 불을 껐다. 서로가 재미있어서 깔깔거리며 웃었다. 세 번째 우리는 좀 더 기다린 후 끄기로 하고 불을 붙였다.

"하나, 두울, 세엣……."

그리곤 손바닥으로 끄기 시작했다. 그러나 불이 꺼지지 않았다.

"야! 큰일 났다! 큰일!"

철이와 나는 누가 먼저랄 것도 없이 웃옷을 벗어서 타고 있는 곳을 여러 번 후려쳤지만, 더 심하게 번져나갔다. 뜨거운 화기에 얼굴이 화끈거렸다. 더 이상 안 되겠는지 철이는 동네 쪽으로 도망치고 나는 동네 반대쪽인 철로 옆 도랑으로 도망쳤다. 물이 없는 도랑에서 납작 엎드려 있는데 곧이어 많은 사람의 불 끄는 소리가 들렸다.

간간이 고개를 들었을 땐 시커먼 연기가 하늘로 솟구치는 것이 보였다. 한참 후 날이 어둑어둑해지고 사람들이 웅성거리는 소리가 거의 들리지 않을 때 나는 어슬렁어슬렁 집으로 들어갔다. 그러나 집안의 분위기는 험악했다. 나는 안방으로 호출되었고 다짜고짜 아무런 말도 없이 엄마가 회초리로 내 종아리를 때렸다.

"이 집도 불 싸질러! 이 집도!" 그러면서 성냥갑 하나를 내게 집어던졌다.

"나는 성냥 켤 줄 몰라유! 내가 안 했어유!"

"그래두 이놈이!" 다시 엄마는 내게 성냥갑을 집어 던지면서,

"이 집도 불 싸질러! 이 집도!"

"딱! 딱! 딱!"

'이씨! 철이 놈 지가 해놓고 날 고자질한 것이 분명해! 그러지 않고 어떻게 울 엄마가 알어?'

난 철이 놈을 원망하면서 계속해서 내가 불낸 것이 아니라고 항변했다. 그랬거나 어쨌거나 엄마는 막무가내로 내 종아리를 때리면서 이 집도 불 싸지르라고 고함치셨다.

수도 없이 맞았다.

밤늦게까지 맞았다.

지겹도록 맞았다.

엄마는 이 집도 불 싸지르라고…….

나는 성냥을 켤 줄 모른다고…….

내가 불 놓은 게 아니라고 울며 말했지만 야속하게 엄마는 같은 말만 계속 반복하면서 내 종아리를 때렸다.

훗날까지 나는 그때의 그 불은 내가 놓은 것이 아니라고 생각했다. 어쨌거나 공범이면 내가 놓은 것이나 마찬가지로 잘못한 건데…….

잘못했다고 다음부턴 안 그러겠다고 싹싹 빌었더라면 좀 덜 맞고 일찍 끝났을 텐데…….

어린 시절의 불장난! 화끈거렸지만 그 대가는 너무나 혹독했다!

번데기의 교훈

모산에 놀러 갔다. 원이와 놀다가 같이 만화방에 갔다. 전에 못 보던 번데기가 담겨 있는 커다란 그릇이 눈에 들어왔다. 사람들이 한두 개씩 집어 먹기에 먹어도 되나보다 생각하고 나도 집어먹었다. 좀 찜찜하긴 했지만, 나중엔 아예 그쪽으로 옮겨 앉아 번데기를 먹으면서 만화를 보았다.

한참을 재미있게 보는데 유리창 깨지는 듯한 여자의 목소리가 들렸다.

"아니, 지금 뭐 하는 거야!"

주인집 딸로 우리의 두 해 선배쯤 된 것 같다. 내가 먹고 있었던 번데기는 파는 거란다. 너무나 창피하고 부끄러웠다. 그동안 얼마나 먹었는지 모르지만 10원이나 15원쯤 내란다.

나나 원이나 만화를 보느라 이미 돈을 써버렸기에 돈이 없었다. 영이가 집에 가서 10원을 가져오고 난 그 돈을 빌려서 냈다.

그다음 날 10원을 갚아야 하는데 차일피일 미루다 사우디아라비아에 다녀와서 술 한잔 사줬다.

빵과 준이

국민학교 저학년 때 삼거리 준이네 집으로 놀러 갔다. 누구누구와 갔는지는 기억에 없지만, 훗날 이내에 살던 직이가 준이네 가서 있었던 일을 말하는 걸 보니 직이도 함께 간 듯하다. 준이네 집에 들어서기도 전부터 아주 달콤한 냄새가 우리의 코를 찔렀다. 회가 동했다.

마루와 방에서 준이의 어머님과 누님들이 촛불로 빵 봉지를 지져 붙이고 있었다. 빵은 산더미처럼 쌓여 있었다. 우리의 눈치를 대번에 알아채시고 준이 어머님이 부스러진 빵을 나눠 주셨다. 너무나 달콤하고 맛있는 빵이었다. 이렇게 맛있는 빵이라면 이 자리에서 백 개도 더 먹을 수 있으리라.

준이가 너무 부럽다.

왜 우리 아버지는 고구마나 과일이 생산되는 농사도 안 지으시고 이런 빵 공장도 안 하시나?

이런 생각이 나의 속을 건드렸다.

공포의 봉강 철교

동네 형네 친척인 백이 형이 천안에서 놀러 왔다. 동네에 자주 놀러 오는데 그날은 놀다가 돌아가는 길에 혼자서 가기가 심심했던지 우리를 꾀었다. 자기가 천안의 성냥공장 옆에 사는데 거기에 가면 됫박으로 성냥을 공짜로 얻는다는 것이다.

우리가 천안까지 따라가면 가지고 갈 수 있는 만큼 맘대로 주겠단다. 우리는 상의랄 것도 없이 모두 따라나섰다. 록이, 철이, 만이, 후배 형이와 나는 철로를 따라 천안으로 향했다.

한 칸 다리, 두 칸 다리, 철로 길을 지나 여섯 칸 다리를 건넜다. 드디어 열여덟 칸 다리 봉강 철교가 눈앞에 펼쳐졌다. 가슴이 답답하고 공포가 엄습했다. 저 긴 다리를 어떻게 건너갈까?

과연 건널 수는 있을까에 대해 의심이 들었다. 그러나 문제는 철이였다. 여섯 칸 다리는 물론 한두 칸 다리를 건널 때도 벌벌 떨며 기어가면서 건넜는데…….

한참을 건넜는데도 다리의 끝은 보이지 않는다. 백이 형은 벌써 다리를 건넌 후 우리보고 빨리 오라고 소리친다. 록이, 나, 만이, 형이가 가고 맨 뒤에 철이가 철로 레일을 잡으며 기어가고 있었다. 그런데 거의 끝에 다다른 록이가 큰 소리로 외쳤다.

"야! 기차 온다!"

그 소리는 천둥소리보다도 훨씬 더 공포스러웠다.

'기차가 온다구? 아! 어떡해야 하나?' 이런 경우 그 누구의 도움도 받을 수 없다. 아버지도 어머니도 그리고 아직도 믿지 않고 있는 하느님조차도, 그저 자기의 상식과 지혜로 극복해야 한다.

대부분 철교를 받치고 있는 콘크리트 구조물 근처까지 가서 침목과 침목 사이로 빠져 내려들 갔다. 다들 빠져나갔는데도 철이는 그때까지 철로 레일을 잡고 있었다. 머리 위로 기차가 덜커덩덜커덩 지나가고 있는데 왜 이렇게 시간이 길던지…….

콘크리트 구조물도 바닥으로부터 너무 높았다. 여러 번 시도 끝에 밑으로 뛰어내렸다. 철이는 저 뒤쪽 다리 밑에서 허리를 움켜잡고 신음하고 있었다. 봉강교 다리 밑에서 놀고 있던 은수동 친구들의 말에 의하면 철이는 기차와의 사이가 3~4미터도 안 된 상태에서 뛰어내렸다는 것이다.

기차가 온다는 소리를 듣고도 아무런 조치도 못 하고 레일만 붙들고 있다가 기차와 충돌 직전 다리에서 뛰어내린 것이다.

얼마나 무서웠을까?

몇몇 친구들이 철이를 부축하고 도로로 나갔다. 철이는 계속해서 신음소리를 냈다. 때마침 내가 잘 아는 이웃 형님이 자전거를 타고 지나가기에 인사를 했더니 타라고 했다.

나는 아무 생각 없이 집 근처까지 타고 왔는데 잘 걷지도 못하는 철이를 태워 보내야 하는 게 아닌가 하는 후회가 되었다.

우리 시대 마지막 신사의 수난

서울에서 전학 온 석이라는 친구가 있었다. 사내아이가 여자아이처럼 아담하고 귀여웠으며 공부도 잘했다.

어느 날 청소 시간, 석이는 자기가 맡은 구역은 제쳐놓고 여학생들의 청소를 도와주고 있었다. 바닥을 닦기 위해 책상을 나르는데 여학생들과 책상을 맞들었다. 몇몇 사내애들이 말은 안 했지만 눈이 이글거리며 타고 있었다. 이곳 사내애들은 여자아이들의 고무줄이나 끊으면서 괴롭힐 줄이나 알았지 신사도는 눈 씻고 봐도 찾아볼 수 없는 곳이란 걸 석이는 몰랐다.

몇 주 후 어느 점심시간, 석이는 몇몇 여자아이들을 데리고 학교 옆 방죽으로 놀러 갔다. 그것도 맛있는 빵을 사 가지고…….

『……. ……. ……. …….』

몇 명의 애들이 주축이 되어 모여들었다. 얼마 후 석이는 얼굴 여기저기 상처가 났고 코피까지 흘렀다. 그날 오후인지 다음 날 아침인지 중년 여성 한 분이 학교에 다녀갔다. 누구누구가 혼났는지는 알 수 없지만, 그 뒤로 우리 시대의 마지막 남은 신사도는 사라졌다.

전학 온 친구를 잘 대해줘야 하는데 그 당시는 텃세를 부린 것 같다.

세출리에서의 하룻밤

국민학교 6학년 어느 날 학교를 끝내고 세출리 표네 집으로 놀러 갔다. 동네가 산들로 둘러싸여 있어 날은 금세 어두워졌다. 표의 어머님이 저녁 식사를 내오셨는데 생전 처음 보는 검은 색의 밥이었다. 콩밥도, 요즈음의 흑미도 아닌 맛도 좀 독특한 그런 밥이었다.

멀리 이내에서 놀러 왔다고 몇몇 세출리 친구들과 선배까지 놀러 와 같이 놀아줬다. 이불속에 발을 넣고 손목 때리기 화투를 한 거로 기억하는 걸 보니 추운 계절이었나 보다.

한참을 그렇게 노는데 2년 선배가 재미난 이야기를 해주겠다면서 나보고 보리밭에서 해봤냐고 물었다. 콩밭이건 보리밭이건 해나 달을 보는 게 뭐 대수냐 싶어 고개를 살짝 끄덕거렸더니 친구들과 선배가 포복절도한다.

'아니? 고랑탱이 촌놈들이 이내 도시 사람을 놀려?'

해봤느냐는 그 말은 중학교에 가서야 겨우 알아들었다. 그다음에는 이상야릇한 음담패설이 이어졌다. 호기심에 재미있게 들었지만 잘 기억나지 않는다.

천안의 공설시장에 이쁜 여자들이 있는데 빨간 빤쓰를 입었다나? 파란 빤쓰를 입었다나? 뭐 그렇고 그런 내용이었다.

훗날 동창회에서 표를 만났을 때 그 옛날 추억을 얘기했더니 표는 나의 방문을 전혀 기억하지 못하고 있었다. 그러면서 2년 선배 중에 아주 짓궂은 선배라면 누군지는 알겠다 한다.

어쨌든 나에겐 친척 집이 아닌 곳에서 유일하게 자고 온 세출리가 좋은 추억으로 남아 있다.

기찻길 옆 이내보다 해 일찍 떨어지는 고랑탱이가 자손들이 더 많을 걸…….

씨름대회

나도 씨름부원이다. 대부분 특별한 기술 없이 힘으로 밀어붙이거나 그저 번쩍 든 후 다리를 걸어 넘기는 원시적인 씨름을 하고 있었다. 아산군 대항 씨름대회 일정이 정해지자 씨름 선생님의 명령이 떨어졌다.

오전엔 공부하고 오후엔 연습하라고…….

우리는 신이 났다. 오후에 공부를 안 하니까……. 나는 후보와 주전 선수의 문턱을 왔다 갔다 했지만 덩치가 큰 곤이 같은 친구들은 씨름을 잘했다. 그러나 시합을 며칠 앞두고 청천벽력과 같은 씨름 규정이 하달됐다.

『체중 제한』

곤이와 체중 기준을 넘는 다른 몇몇 친구들은 시합에 나갈 수가 없게 되어 늘 연습 때 처진 나와 후배까지도 당당한 주전선수로 나가게 되었다.

시합 날 Y국민학교 씨름장, 아산군에서 총 7개 씨름팀이 출전했는데 우리 학교는 운 좋게도 1회전을 부전승으로 올라갔다. 2회전 차례가 다가올수록 너무 긴장되고 초조했다.

드디어 내 차례.

상대의 샅바를 잡은 팔이 바르르 떨려 공격은커녕 제대로 방어도 못

하고 나가떨어졌다. 결과적으로 우리 학교팀이 3등을 했는데 한 팀도 못 이기고 입상한 것인지 한 팀은 이기고 3등을 한 것인지는 기억이 없다.

학교에 돌아오자 선생님들이나 학생들은 우리 씨름부가 대단한 성적을 거두었다고 좋아하고 있었다.

'아산군에서 3등이라니…….'

그런데 우리는 우승을 한 Y국민학교를 잘 눈여겨봐야 한다. 그 애들 대부분 덩치가 크고 똑 고른 애들로 구성되었다. 다른 학교에는 시합이 임박하여 몸무게를 제한한다고 통보하여 덩치가 큰 실력 있는 애들의 출전을 막고 자기들은 애초부터 몸무게가 초과하지 않는 애들을 선발하여 훈련했으리라는 의혹을 불렀다.

우린 이런 걸 홈그라운드의 이점, 주최 측의 농간이라고 부른다. 우리는 살아가면서 수없이 많은 이런 일을 당하기도 하지만 이런 것을 이용하면서 살기도 한다.

어쨌거나 그런 것을 이용하는 일은 부끄러운 짓이다.

견공들의 사랑

동네의 견공들이 길거리 아무 곳에서나 이상한 행동을 하는 걸 종종 보곤 했다. 어느 날 동네 안길에서 견공들이 그 일을 하고 있었다. 사내아이나 여자아이 너나 할 것 없이 깔깔거리며 재미있게 구경했다.

주위에 있는 돌이나 나뭇조각 등을 던지며 구경하니 그놈들은 도망치려 하지만 궁둥이가 서로 붙어 있어 원하는 곳으로 가지 못하고 이리 비틀 저리 비틀거린다. 한참 구경을 하는데 친구의 형이 다가와 하는 말이 사람도 저런 짓을 해서 애를 낳는단다.

순간 나는 얼굴이 화끈 달아올랐다. 우리 집 식구가 많다고 노골적으로 흉보며 비웃는 것 같았기 때문이다.

'우리 집은 팔 남맨데.'

'엄마, 아버지가 그런 못된 짓을 여·덟·번·씩이나?'

다른 집보다도 두 배나 많이 그런 짓을 했다구?

『……. ……. ……. …….』

『……. ……. ……. …….』

훗날 모든 사람이 그런 사랑을 하면서 산다는 것을 알게 되자 웃음이 나왔다.

음모

국민학교 고학년 때 운동회를 즈음하여 선생님들께서 여러 가지 운동회 용품을 준비하시느라 분주하셨다. 한 선생님의 지시로 나와 몇몇 친구들은 오재미(모래주머니)를 던져서 터트리는 커다란 종이 바구니를 만들게 되었다.

청군은 청색 바구니, 백군은 백색 바구니.

바구니를 터트리지 못하면 바구니에 불이 옮겨붙게 하려는 의도로 바구니 안에 초도 집어넣었다. 운동회날 촛불에 불을 붙이겠지. 외형을 철사로 구성하고 종이를 붙여 완성했다. 그리고 초도 똑같은 크기로 잘라 고정했다. 그랬더니 선생님께서 청색 바구니에 들어있는 초를 좀 더 짧게 자르란다. 교장 선생님께서 백군이라 하시면서…….

우리는 시키는 대로 청색 바구니에 들어갈 초는 좀 더 짧게 잘랐다.

'이렇게 되면 청색 바구니에 먼저 불이 붙을 텐데, 그래도 되나?'

운동회날, 상대 진영으로 가서 오재미를 던지며 바구니를 터트리는 시간이 되었다.

'저거 하나 마나 백군이 이겨…….' 난 혼자 씁쓸하게 웃으며 지켜봤다. 한참을 청군팀과 백군팀이 상대 진영에서 오재미를 던진다. 그런데 불이 붙기 전에 청군이 먼저 백색 바구니를 터트려 여러 가지 색종이가 흩날렸다. 기다란 천에 쓰인 큰 글씨도 펼쳐졌다. 청군들은 모두 다 환호성이다. 그 뒤를 이어 청색 바구니도 터졌다. 음모에 의해 조작되었는데 그 반대로 되어 참 다행이다.

담당 선생님이 교장 선생님께 불려 가 혼나시지는 않았는지 궁금하다.

옹녀 선생님

고학년 때 어떤 선배에게서 들은 이야기로 꾸며낸 얘기인지 있던 사실을 얘기한 것인지 알 수는 없다.

선배들 몇 명이 청소 시간에 변소의 똥통을 펐었단다. 그 일은 즐거운 일이 아닌 관계로 적어도 그들이 자청한 일은 아니리라.

세 사람이 교대로 똥도 푸고 똥통을 똥지게로 날라 버렸단다. 몇 차례 똥바가지로 똥을 푸는데 누군가가 변소로 들어가더란다. 똥 푸는 곳은 밖에 있으므로 별로 대수롭지 않게 생각하고 계속 그 일을 하는데 아주 강하고 센소리가 그들을 놀라게 했단다.

"쏴~~~아, 쏴~~~아"

똥을 푸던 한 선배가 똥바가지를 그 물줄기 밑에 대고 받으면서 자기들끼리 한마디…….

"야~~~ 쎄다~~~ 쎄~~~엄청!"

"……. ……. ……. ……."

"……. ……. ……. ……."

그 후 그 선배는 한 여선생님으로부터 귀를 잡힌 채 교무실로 끌려가고 나머지 두 선배는 그 뒤를 쫓아가 벌서고 왔단다.

이 이야기는 그중에 한 선배가 한 얘기로 죽지 않고 살아 돌아온 것이 용하다.

중고딩 시절

중학교에 입학했다

국민학교 선배 중 공부 좀 하는 선배들은 대부분 우리가 거주하는 아산이 아니라 천안으로 진학했다. 그러나 우리는 공부를 잘하든, 못하든 상관없이 다른 곳은 갈 수 없고 온양의 두 중학교로만 가야 했다. 일명 '뺑뺑이' 방식으로 시험도 보지 않고 입학했는데 졸업 때까지 한글도 다 못 떼어 유급된 친구들도 더러 있었다.

시험을 안 치르기에 재수, 삼수생은 물론 그보다도 더 나이 먹은 학생들도 모두 이 기회에 입학했다. 나는 키가 큰 덕택에 그들과 같이 뒤에 앉았다. 처음엔 멋모르고 말놓고 지냈는데 일부는 자기의 2~3살 적은 친동생과 같은 학년에 다니기도 해서 그들을 대하기가 좀 조심스러웠다.

국민학교 다닐 때는 4등 이상의 성적을 낸 적이 없었다. 월랑국민학교로 전학을 가서 거기서 딱 한 번 2등을 했었다. 사실 중학교 때 성적은 초등학교보다 떨어지는 것이 자연스러운 현상이거늘 배방국민학교에서도 못 해본 2등을 했다. 국어를 가르치시는 여자 담임선생님으로부터도 축하를 받았다. 그리고 이런 말씀도 하셨다.

"나중에, 나중에 네가 국회의원으로 출마하면 내가 꼭 한 표 찍어줄게……."

내가 반장도, 부반장도 아니고 뭐 하나 도드라지게 잘한 것도 없는데 왜 나를 그렇게 보셨을까? 전혀 알 수는 없었지만, 기분은 아주 좋았다.

그러나 그때는 국회의원이 뭐 하는 직업인지도 몰랐다.

씁쓸한 여름방학

방학이란 단어는 그냥 방학이 아니다. 앞에 여러 가지 좋은 수식어가 들어가도 부족한 단어이다. 즐거운 여름방학이다. 방학 중간쯤에 낫을 들고 등교하란 안내문을 받아 들고 기쁜 마음으로 하교했다. 일찍 일찍 방학 숙제를 마치고 실컷 놀아야지.

어영부영 놀면서 숙제도 미루다 방학 중 낫을 들고 등교하는 날이 다가왔다. 학교에 가려고 낫을 준비하는데 비가 내리기 시작했다.

“어? 비가 오네…….”

가야 하나 말아야 하나 고민을 하다가 국민학교 방학 때 낫을 가지고 오라는 날에 비가 오면 안 가도 되었기에 그냥 가지 않았다. 개학한 뒤 방학 때 나오지 않은 17명은 결석 처리가 되었다는 통보를 받았다. 몇 명의 친구들과 같이 항변했지만, 그날 나온 학생들과 형평에 맞지 않는다며 결석 처리할 수밖에 없다고 했다.

서운했다.

다른 반은 결석 처리를 안 했다는데…….

국민학교, 중학교, 고등학교에서 지각, 결석, 조퇴 없이 개근할 뻔했는데 그날 한 번의 결석은 내 가슴 깊은 곳에 흠집으로 남은 사건이었다.

폐우산 소동

비가 온 뒤 며칠이 지나도록 교실 뒤쪽에서 우산 하나가 뒹굴어 다닌다. 딱 봐도 고급 우산이지만 살 하나가 부러지고 우산천 일부가 찢어져 있었다. 몇몇 친구들이 가지고 놀기에 나도 친구들처럼 칼싸움하듯이 가지고 놀다가 교실 뒤꼍에 던져놓았다.

며칠 후 한 친구가 선생님께 일렀다. 비 오는 날 자기 이모의 우산을 빌려서 학교에 왔는데 며칠 동안 애들이 못쓰게 해놨다는 것이었다. 선생님의 수사가 시작되었다. 최종적으로 그 우산을 가지고 논 사람이 5명 정도로 압축되었다. 그 우산은 고급 우산으로 금액은 정확하게 기억나지는 않지만, 당시 우리 학생들의 수준에서는 상당히 비쌌다. 대충 3,000원쯤 된 것 같다.

선생님의 최종 판결이 내려졌다. 다섯 명이 각각 500원씩 내고 우산을 소홀히 한 당사자도 잘못했으니 500원을 내어 총금액을 맞추도록 했다. 그러자 그 친구는 미소를 지었다. 자기가 잘못 관리해서 남들에게 손해를 끼쳤는데 만족한 미소를 짓다니……. 난 나름대로 억울했다. 당시 그 돈은 큰돈인데……. 세월이 흐르고 흘러서야 솔로몬의 지혜처럼 번뜩이는 생각이 떠올랐다.

"선생님! 그 우산은 이미 중고이니 반값이나 2/3값을 기준으로 계산해야 맞다고 생각합니다."

그랬다면 조금은 덜 억울했으려나?

중학 시절의 반장선거

중학교 2학년 때인지 3학년 때인지는 잘 모르지만, 새 학기가 시작되고 얼마 되지 않았을 때의 일이다. 눈도 조그맣고 키빼기만 커다란 별로 볼품없던 나에게 서너 명의 반 친구들이 몰려왔다. 그들은 배방 출신이 아니어서 안면만 있을 뿐 아주 잘 아는 친구들이 아니었다.

다짜고짜 내가 반장이 되어야 한다면서 자기들이 선거운동을 해주겠다는 것이었다. 나는 생각이고 자시고 할 것 없이 반장이 되고 싶은 생각이 전혀 없으니 부질없는 짓 하지 말라고 딱 잘라 거절했다. 대부분 반장에 뜻이 있는 친구가 출마를 선언하면 그를 지지하는 친구가 선거운동을 해주는데, 반장에 뜻도 없는 친구를 위해 선거운동을 해주겠다고 먼저 다가오는 것은 내가 고등학교를 졸업할 때까지 그 누구한테도 그러한 일이 있었다는 얘기조차 전해 들은 바가 없었다.

며칠 후 반장선거일.

설마설마했는데 내 이름이 거명되어 나도 너덧 명의 후보에 끼게 되었다. 담임선생님께서 후보자들에게 정견 발표를 하라고 하셨다. 내 차례가 되자 나는 그냥 내 자리에서 일어나 반장 출마에 뜻이 없다고 말씀드렸더니 담임선생님께선 그래도 교단에 나가서 발표하라고 하셨다.

"저…… 저는 공부도 잘 못하고…… 저, … 그리고, 전 쌈도 잘 못해요…….”

내 말이 떨어지자마자 순식간에 교실은 웃음바다로 변했다. 리더십이나 통솔력의 개념을 잘 몰랐던 당시에 나는 반장은 적어도 싸움도 잘해야 한다고 생각했었나 보다. 담임선생님께서도 한참을 웃으시고 난 뒤,

“싸움은 걱정하지 마, 내가 대신할 테니…….”라고 말씀하셨다.

투표가 시작되고 개표가 모두 끝났는데 나는 두 번째로 많은 득표를 했다. 부반장으로 선출되었으나 끝까지 고사하자 담임선생님께서도 할 수 없었던지 세 번째 득표자를 부반장으로 임명했다.

옆 반에서는 같은 국민학교 출신인 근이가 반장으로 선출되었다. 훗날 담임선생님과 반 친구들에게 바보짓을 한 것 같아 미안했다.

나를 위해 반장 선거운동을 자청한 얼굴도, 이름도, 기억 없는 그 친구들에게 더더욱 미안했다.

특별반 소동

중학교 2학년 때인지 3학년 때인지 정확하게 기억나진 않지만, 우등생을 위한 특별반 한 반을 편성한다는 소문이 돌았다. 어느 날 담임선생님께서 몇몇 아이들을 호명하더니 따로 나가서 무엇인가를 써서 제출하라고 했다. 그 아이들의 말에 의하면 재산의 규모에 관한 내용이 많았다고 했는데 며칠 후 부모님을 모셔 오라고 했단다.

당시 한 학년에 400명 전후쯤 되었으니 적어도 전교 40등 안에 들면 나도 특별반에 들겠구나 하는 생각이 들었다. 그로부터 몇 주 후 특별반이 편성되었다. 오전에는 각자의 반에서 공부하다가 오후부터 새로 편성된 특별반으로 가서 공부하는 방식이었다. 몇 주 전 호명할 때 불려 갔던 애들의 일부가 그 반에 편성되었다.

"어? 뭐야? 특별반이 성적으로 자르는 게 아니었어?"

자기보다 공부를 못하는 아이들이 들어갔다고 웅성거리는 소리가 들렸다. 가만히 생각하니 무엇인가를 써내고 부모님을 모셔 오라고 했던 그때가 생각났다.

'그럼 부자들만 특별반에 편성된 거야?'

기분이 몹시 더러웠다. 기가 차서 말이 안 나왔다. 차마 집에 가서 다른 가족은 물론 아버님께도 말씀드리지 못했다. 오후만 되면 특별반으로 떠나는 애들을 바라보는 여러 친구의 시선은 곱지 않았다. 몇 주쯤 지났을까? 그 특별반은 흐지부지 해체되고 말았다.

어떤 폐해가 있었기에 그렇게 끝났는지 알 수는 없었지만, 나로서는 되게 기분 나쁜 추억이었다.

이상한 자격증 시험문제

고등학교 때 자격증 시험을 보러 갔다. 경기도의 부천쯤 된 것 같다. 기계제도 기능사 자격증 시험이다. 전년에 나왔던 시험문제뿐만 아니라 웬만한 건 다 그려봤기에 무난하리라 생각하고 시험장으로 향했다.

다소 떨리는 마음으로 시험에 임했는데 시험문제를 받아본 순간 깜짝 놀랐다. 기계제도 시험은 대체로 5~10개 정도의 부품이 결합한 조립체로 선과 선이 뚜렷해야 하나 이번 시험문제는 선과 선이 너무 흐릿하게 나와 어떻게 생겼는지 파악하기 어려웠다. 이렇게 흐릿하게 문제가 나온 적은 한 번도 없었고 또한 들은 적도 없었다.

'어떤 놈이 문제를 이따위로 낸겨?'

욕이 절로 나왔다. 계속 진행해야 할지 포기해야 할지 갈팡질팡하다가 시간을 모두 허비했다. 많은 사람이 나와 비슷한 상황이었지만 나와 같이 시험 보러 갔던 급우는 맞든 틀리든 어느 정도 짜임새 있게 완성해서 제출했다.

같이 갔던 급우를 포함해서 극소수가 합격했고 나는 떨어졌다. 합격률 또한 역대 최저였다. 내가 떨어져서가 아니라 시험문제가 잘못되어도 너무 잘못되었다. 기계제도는 제대로 된 결합체를 그리는 과목이지 불확실한 형태를 설계하는 과목이 아니다.

다음 시험 기간에 다시 도전하여 합격했는데 그때도 그 뒤에도 이상한 시험문제는 더 이상 없었다.

그 당시 출제자는 무슨 생각을 가지고 그런 문제를 냈을까?

대학교 진학소동

1976년 대림산업에서 전국의 시범공고를 대상으로 중동에 진출할 젊은 기능공을 선발했는데 천안의 우리 공고도 포함되었다. 기계과와 전기과 2개 과가 해당했는데 내가 실습과목으로 선택한 판금은 대림산업에서 필요로 하는 직종이 아니었기에 기계조립이나 선반, 용접 등으로 직종을 바꾸어야만 했다.

학교 대표로 기계제도 대표선수도 했기에 얼떨결에 3가지를 전공하게 되었다. 나에게 득일지 실일지는 잘 모르겠지만 늦게나마 용접을 하려니 쉽지가 않았다. 45도로 기울어진 파이프를 잇는 용접을 했는데 파이프의 밑단을 때울 때는 위쪽을 보며 작업해야 해서 용접 불똥이 목으로 들어가기도 하는데 뜨거워서 펄펄 뛰기도 했다. 점점 요령이 생겨 수건을 목에 두르거나 목티 일부분을 잘라 목에 끼워 쓰기도 했다.

어느 날, 대림산업에서 파견된 직원과의 대화에서 우리가 언제 중동으로 가게 될지 모른다고 했다. 처음에는 졸업 전에 가는 것으로 알고 있었는데 안양의 훈련소에서 좀 더 훈련해야 한다는 둥 실력에 따라 순차적으로 간다는 둥 이런저런 소문이 났다.

은근히 걱정되어 여차하면 대학 진학을 하려고 몇몇 친구들과 동교의 전문대학에 원서를 넣어 합격했다. 이 소문이 대림에서 파견된 직원에게까지 알려지자 노발대발했다. 징계위가 구성되었고 각자의 부모가 호출되었다.

대림 파견 직원과 기계과 과장 선생님은 우리는 앞으로 중동에 파견도 못 하고 진학도 안 된다고 강경하게 나왔다. 몇몇 친구들에게 왜 원서를 냈느냐고 묻기에 나는 대답했다. 졸업 전이나 늦어도 졸업 후 곧바로 출국하는 것으로 알았는데 언제 갈 수 있는지 알 수 없다고 하기에 신뢰할 수 없어서 그랬다고 대답했다. 그 당시 신뢰라는 단어를 나 스스로도 고급언어를 구사했다고 생각했다.

결과적으로 부모님과 우리는 사과를 했다. 대신 진학은 없던 일로 하고 중동에 진출하는 것으로 마무리했다. 졸업한 해 8월 말에 사우디로 가는 비행기에 올랐다.

그때 아무것도 몰라서 원서를 써주신 담임선생님께 죄송했다.

앗 싸라비아

잠 안 오는 깊은 밤에

스무 살, 머나먼 타국 사우디아라비아에서 현장 근로자로 일할 때 무슨 이유 때문인지 불면에 시달려 몇 달을 고생한 적이 있었다. 밤에는 말똥말똥, 낮에는 비실비실, 의무실에 가서 수면제라도 타다 먹고 잠 좀 시원하게 잤으면 좋으련만 담당자는 상투적인 말만 할 뿐 별다른 도움을 받지 못했다.

"운동 좀 해보시죠, 그리고 따뜻한 물로 샤워를 하면 잠이 잘 올 겁니다."

'누구는 이 방법, 저 방법, 안 써본 줄 아나?'

몇 날 며칠을 고생하니 자연발생적으로 몽상이 시작되었고 나중에는 아예 잠을 청하지도 않고 몽상을 즐겼다. 크게 '추억의 밤'과 '출발의 밤'으로 나누고 각각의 밤을 또다시 여러 개의 밤으로 나누어 분류했다.

'오늘은 우정의 밤으로 가볼까?'

*** 추억의 밤**

–동심의 밤: 태어나서 국민학교 3학년까지

–월랑의 밤: 전학을 간 월랑국민학교에서의 1년

–우정의 밤: 나머지 국민학교 시절
–중학의 밤: 호기심의 중학 시절
–성장의 밤: 사회생활의 출발을 위한 고교 시절
–앗 싸라비아의 밤: 끝없이 펼쳐진 모래벌판에서 할라스 바람과 싸우던 시절
추후–방황의 밤: 퇴사 후부터 제2의 직업을 찾기 전까지

*** 출발의 밤**

–반성·계획의 밤: 하루하루를 반성하고 앞날을 계획하는 시간
–가족·이웃의 밤: 가족, 친구, 이웃에 대하여 생각하는 시간
–사랑의 밤: 내 나이 스물이 넘었다. 연애하는 꿈을 꿔도 괜찮지 않을까? 가장 자신 없는 시간, 그러나 가장 즐거운 시간
–끄적거림의 밤: 여러 가지 끄적거림을 만들어 내는 시간
1979년 7월–시작, 그 후 수정 정리

몇 달을 시도하다 불면이 사라졌는지는 기억이 안 난다. 불면이 사라지자 '추억의 밤'도 '출발의 밤'도 많이 소원해졌다.

이때 처음 생겨난 것이 "월랑의 밤"이고 이 글이 탄생하는 시발점이 되었다.

나를 기쁘게도 슬프게도 했던 음악

그대여~~~

그대가 좋아하는 음악 중에 그대를 슬프게 하는 음악이 있나요?

그대여~~~

그대가 좋아하는 음악 중에 그대를 기쁘게 하는 음악도 있나요?

있다고요~~~

그럼, 그대여~~~

똑같은 음악인데 그대를 슬프게도,

때에 따라 기쁘게도 하는 그런 음악이 있나요?

~~~~~~~

나에겐 있답니다.

지금 흘러나오는 Welcome to my world!

당시엔 무슨 뜻인 줄도 모르고 들었던 그 음악!

남이 볼까 봐 몰래 눈가에 흐르는 눈물을 훔치고 들었던 그 음악!

때에 따라 너무 기뻐 흥얼거리며 콧노래로 따라 불렀던 그 음악!

7~80년대에 대한항공 CM송으로 불렸던 그 음악!

고니가 하늘을 힘차게 날아다니는 화면이 나타나고 뒷배경으로 흐르던 그 음악!
~~~~~~~

Welcome to my world!

그 음악이 왜 슬펐냐구요?

생각해 보세요!

소가 도살장으로 끌려갈 때 어떤 음악을 들었다면?

그 소에게는 그 음악이 아주 슬프게 들렸을 거예요.

그 음악이 왜 기뻤냐구요?

생각해 보세요.

당신이 한 일 년간을 죄를 지었든 안 지었든 감옥에서 복역하고 나올 때 어떤 음악을 들었다면?

말로 형언할 수 없을 만큼 그 음악은 기쁘게 들렸답니다.

스무 살 초반 때,

사우디아라비아의 노가다판으로 떠나는 대한항공 비행기 안,

간간이 흘러나오는 대한항공 CM송은 도살장으로 끌려들어 가는 소에게 들린 음악처럼 너무 슬펐고,

1년 동안 일을 마치고 돌아오는 비행기 안에서의 대한항공 CM송은 감옥에서 방금 나온 복역수가 들은 너무 기쁜 곡이었답니다.

수년 동안 나를 기쁘게도, 때에 따라 슬프게도 했던 곡

그때를 생각해서 벅스뮤직에서 노래를 찾아 따라 불러봅니다.

Welcome to my world ♩♪♬ ♩♪♬ ♩♪♬

Won't you come on in ♩♪♬ ♩♪♬ ♩♪♬

Miracles I guess ♩♪♬ ♩♪♬ ♩♪♬

~~~~~~~~~~
~~~~~~~~~~

당시에는 무슨 뜻의 노랜 줄도 모르다가 이 글을 쓰려고 영어단어를 찾아보니 성경의 한 구절이네요.

이에는 이! 눈에는 눈!

사우디아라비아에서 두 번째인지 세 번째인지 현장에 있을 때의 일이다. 그곳은 H빔의 철 구조물 사이로 온갖 파이프들이 얽혀있는 그런 현장이다. 어느 날 우리 부서에 쌓아놓은 아시바 재료가 없어졌다. 건설 현장의 외벽을 따라 조립되어 올라간 파이프와 발판을 아시바라고 불렀다. 어쨌든 건설 자재가 없어졌다.

반장님은 담배만 뻑뻑 빨아대며 한숨을 쉬었다. 다시 지급받으려면 온갖 수모를 당하니 그리 할 수도 없고, 그렇다고 똑같이 아무 데서나 훔쳐 올 수도 없고……. 그렇게 반장님이 고민할 때 내가 뭔가를 발견했다. 땅바닥에 선명하게 남은 바퀴 자국이었다.

누군가가 크레인과 트레일러를 가지고 와서 실어 간 거다. 그런데 좀 더 자세히 보니 크레인의 좌·우측 바퀴 모양이 달랐다. 내가 바퀴의 모양을 본뜨고 바퀴와 바퀴의 사이를 자로 쟀다. 그리고 반장님께 말씀드렸다. 반장님은 환한 미소를 지으면 무릎을 탁 친다. 그리고는 나하고 함께 현장에서 찾아보자고 했다.

몇만 평 되는 공장인지 몰라도 아무튼 넓었다. 일하는 인원도 수천 명이나 되었다. 2~3일 동안 틈나는 대로 돌아다니며 찾았는데 총 20대도 넘는 크레인 중 우리가 찾는 바퀴 모양과 비슷한 크레인이 2대로 압

축되었다. 그 크레인이 어느 부서 소속인지 그 부서에서 아시바들을 사용하는지 살펴보았더니 최종 1대가 남았다.

좌·우측 바퀴 자국의 모양 또한 달랐다. 우리 부서의 아시바를 훔쳐간 크레인이 틀림없다. 그 부서의 아시바는 우리 부서에서 쓰던 것이라 눈에 익었다. 반장님께 범인으로 추정되는 크레인을 보고했더니 반장님이 몇몇 조장들을 모아서 그 일들을 상의하기에 새파란 애송이인 내가 거들었다. 윗사람들에게 얘기해서 찾자고, 그랬더니 반장님이 웃었다. 내가 너무 순진하다는 듯…….

그쪽에서 순순히 주지도 않을뿐더러 그 증거를 믿어줄 사람은 아무도 없다는 것이다. 어쨌든 결론은 우리도 똑같은 방법으로 가져오자는 거였다. 그날 밤 몇몇 조장들이 늦은 밤까지 기다린 후 그 일을 실행에 옮겼다.

일등 공신이었던 나는 그 일 이후 몇 개월 동안은 편하게 지냈다.

아직도 나에게 따끔한 회초리가 되어 다가오는 한마디

사우디아라비아의 라히마에서 있었던 일이다. 여러 종류의 기름과 가스, 그리고 스팀과 식수 등이 들어있는 파이프들이 서로 뒤엉켜 지나가는 파이프라인 중, 어느 한 파이프의 보수를 위해 달랑 파라솔 하나만으로 뙤약볕을 가리고 땀을 뻘뻘 흘리며 용접을 하노라면 보통 짜증이 나는 게 아니었다.

좀 더 좋은 조건에서 작업하려는 용접사들과 배관사들과의 실랑이! '그늘막을 좀 더 넓게 쳐 달라, 등 뒤에 스팀 라인의 열이 너무 뜨거우니 스티로폼 좀 대달라, 장소가 좁으니 그냥 작업하라, 등등'

애써서 용접했건만 X-Ray 검사 결과 기포가 발견되어 재작업을 해야 할 땐 배관사들의 입에선 쌍소리와 함께 들고 있던 작업 공구가 바닥에 내팽개쳐진다. 에어컨에서 시원한 바람이 빵빵하게 나오는 간이 사무실에서 얼음이 동동 떠 있는 시원한 냉커피를 마시며 서류나 뒤적거리는 일부 동료들이 한없이 부러웠다.

어느 날 치나 마나 한 파라솔 밑에서 땀을 뻘뻘 흘리며 용접 작업을 하다가 Smoking Time이 지나도록 쉬고 있었다.

"아! 언제 이 신세를 면하려나?"하면서 신세 한탄을 할 때 한 사무실 직원이 현장을 둘러보러 왔기에 후닥닥 바쁘게 일하는 척 움직이다가 그만 바닥에 놓인 용접 화이바를 밟아 깨트려버렸다.

"……."

곧바로 사무실 직원과 함께 간이 사무실로 들어갔다. '설마 화이바를 깨 먹었다고 불려 가는 것은 아니겠지?' 간단한 테스트가 행해진 뒤 현장 도면을 건네주며 몇 가지 질문한다. 처음 보는 도면이었지만 학교 다닐 때 접해보던 것이었기에 또박또박 막힘없이 답변했다.

"음…… 지금까지 테스트한 사람 중에 제일 나아……." 담당 부서장의 말에 나도 모르게 우쭐해진 것도 잠시,

"Do you speak English?"

"……I'am sorry, I don't speak English."

"어허…… 이 일을 하려면 영어 회화를 좀 해야 하는데……. 안 되겠네, 지금부터 배워서 하기엔 너무 늦었어……."

"……."

"왜 미리 준비하지 않았는가? 자네 같은 젊은이가 앞으로 닥칠 일에 대해 준비해야지……."

밖으로 나왔다. 나를 불렀던 사무실 직원이 뒤따라 나왔다. 그는 나와 친분이 있던 사람은 아니었지만 나를 추천한 사람이었다. 그러면서 이번 일에 대해 자초지종 설명한다. 이번에 사무실에서 한 사람이 귀국하는데 도면을 이해할 줄 알고 영어 회화도 어느 정도 가능한 사람을 찾기에 나를 추천했단다. 그러면서 한마디 더 거든다.

"앞으로 배워서 열심히 하겠다고 떼쓰지 그랬어요?"

"……."

퇴근 후 침대에서 한참 동안을 멍하게 앉아 있었다. 출국할 때 가져

온 영어 회화책을 꺼내 들었다. 벌써 몇 번째 출국과 귀국을 반복하면서 보지도 않은 채 그냥 가방만 채우던 영어 회화책! 속으로 읽어 내려갔다.

모처럼 하려니 피곤하다. 내일도 새벽에 일어나 일 나가야 하는데……. 피곤하니 오늘은 일찍 자고 내일부터 마음 잡고 시작해보자.

"……."

시간이 흐르고 또 그렇게 흘렀다. 영어책 위엔 벌써 하얗게 먼지가 쌓여갔다. 그리고 또 잊었다. 그때 그 일을 했더라면 내 인생이 2~3단계는 업그레이드되었을 거란 후회가 되었다. 그러나 지금도 정신 못 차리고 이 세상을 엉터리로 사는 나에게 그때의 그 한마디는 아주 따끔한 회초리가 되어 내 종아리를 때린다.

"왜 미리 준비하지 않았는가?"

"왜 미리 준비하지 않았는가?"

여름! 뜨거운 여름이다!

여름은 덥다. 그래서 사람들은 사소한 일에도 짜증을 잘 낸다. 대구에 살다가 천안으로 이사 온 어떤 사람이 하는 말이 천안 사람들은 조금만 더워도 덥다 덥다 노래를 하는데 너무 엄살이 심하단다. 대구의 뜨거운 여름 맛을 조금만이라도 보았다면 감히 덥다는 말이 입에서 나오지 않을 거란다.

그런데 사우디아라비아의 여름은 더 뜨겁고 더 덥다. 조금만 움직여도 땀이 비 오듯 한다. 그렇다면 견디기 힘든 더위는 어느 정도일까? 온도가 35도 넘으면? 거기에 습도가 높으면? 하루에 2~3번 샤워를 해야 할 정도로 땀이 비 오듯 하면? 견디기 어려운 더위라고 할 수 있을까?

사람마다 그 기준이 다 다를 것이다. 다른 사람들은 어느 정도 더워야 덥다고 얘기들을 할까. 뜨거운 나라에서 몇 년을 있었던 나는 나름대로 그 당시에 더위에 대해 기준을 정했었다. 아무리 더워도 평소대로 식사할 수만 있다면 그날은 더운 날이 아니라고…….

너무 더운 나머지 식욕을 잃어 찬물에 밥을 말아 시큼한 김치를 얹어 먹을 정도가 되어야 더운 날이라고 말하고 싶다. 사우디아라비아에서는 그런 날이 많이 있었다. 뜨거운 열풍이 부는 날 우리는 완전히 녹

초가 된다. 작업시간인데도 그늘에 가만히 앉아 혀 내밀고 개처럼 헐떡거려도 감독관이 일하라고 부추기지 않는 날! 그런 날은 여지없이 찬물에 밥을 말아 김치로 해결했다.

국내에서는 그런 날이 거의 없었다. 아무리 더워도 그 더위로 인하여 식욕을 잃지는 않았다는 말이다. 그러니 한국에서 아무리 더워도 어디 덥다고 할 수 있겠는가?

무더운 여름이다. 사소한 일에도 짜증이 나는 무더운 여름이다. 오늘도 찬물에 밥을 말아 시큼한 김치를 얹어 먹어야겠다.

뜨거운 열풍도 껄끄러운 모래바람도 다소나마 잠재워 버린 한마디!

사우디아라비아의 여름은 엄청나게 덥다. 아주 심한 열풍이 불 땐 그늘 밑인데도 땀이 줄줄 흐르고 혀를 내민 삽살개처럼 축 늘어진 상태로 얼음 물통을 껴안고 있어도 감독관이 못 본 척하고 지나간다. 모래바람 또한 우리를 너무나 괴롭힌다. 한번 모래바람이 불면 콧속은 물론 귓속, 목덜미, 입안까지 모래가 들어간다.

대한민국의 아름다운 금수강산을 여행한바 있는 사우디 현지인 중 한 사람이 우리를 어이없게 하기도 했다.

"너희들! 죄인이지?" 그 얘기는 죄를 지었으니 아오지 같은 이곳에 끌려온 것이 아니냐는 의심이었다. 물론 1년 내내 덥고 모래바람이 부는 것은 아니다. 아주 견디기 힘든 기간은 아마도 1~2개월 정도인 것 같다.

첫해를 무사히 마치고 집에 돌아오자 집안 식구들과 이웃들이 반갑게 맞이해 주었다. 소주도 따라주고 구석으로 가서는 담배도 권하면서 피우라고 했다. 겨우 스물한 살인데도 말이다. 갑자기 아이에서 어른이 된 것 같은 묘한 기분이 들었다. 그러던 어느 날 아버님께서 넌지시 불렀다.

"네 덕분에 처음으로 빚 없이 살아봤다!" 그 소리를 듣자 순간 눈물이 핑 돌았다. 논 한 떼기 있는 것 오래전에 팔아먹고 누님과 형님들의 결혼으로 소소하지만, 빚에 시달리다 내가 벌어온 것 때문에 숨통이 트였다는 말씀이셨다. 목멘 목소리로,

"얼마 되지도 않았는데요, 뭐……."

아버님의 그때 그 말씀이 뜨거운 열풍과 껄끄러운 모래바람이 불 때마다 나에게 힘을 주어 나머지 기간을 무사히 마칠 수 있었다. 지금도 그때의 그 말씀이 생각나면 내가 일등 공신이 된 양 가슴이 뿌듯해지고 배가 불러온다.

'네 덕분에 처음으로 빚 없이 살아봤다!'

하청회사 직원이 원청회사 직원에게 큰소리치다

아프케이 시멘트 플랜트에서 잠시 사무실에서 근무할 때의 일이다. 대부분 우리 회사의 원청회사는 영어권 회사였는데 이때는 일본 회사였다. 어느 날 원청회사의 일본인 슈퍼바이저 두 사람이 우리 부서의 부서장을 만나러 왔다. 사무실에는 나와 S대 출신의 기사(슈퍼바이저)가 사무실을 지키고 있었는데 그 기사는 영어를 한마디도 못 한 채 그저 머뭇거리고 있었다. 사무실로 오는 모든 영어 공문을 번역하고 영역하는 업무를 맡았는데도 회화를 못 했다.

두 손님을 앞에 두고 난처해하는데 마침 L 과장님이 성큼성큼 사무실로 들어왔다. S대 출신의 그 기사는 구세주를 만난 듯 좋아하며 두 손님을 L 과장에게 인계했다. 두 일본 슈퍼바이저는 무슨 항의를 하러 온 듯했다. 아마 어떤 지시 사항을 계속해서 어기고 있으니 시정해 달라는 내용인 것으로 짐작되었다.

잠시 대화가 오가더니 L 과장님의 고성이 이어졌다. 적어도 내 귀에는 일본인보다도 더 유창하게 일본어로 말이다. 누가 원청회사 직원인지 하청회사 직원인지 분간이 가지 않았다. 한 일본인 슈퍼바이저는 동료의 소매를 잡고 잡아당겼다. 그만 항복하고 돌아가자는 몸짓이었다. 그들은 L 과장의 고성을 좀 더 들은 후 황급히 돌아갔다.

세상에…… 세상에……. 하청회사의 직원이 원청회사의 직원에게 큰 소리치다니……. 어쨌든 시원은 했다. 무슨 내용인지 모르지만, 한국인이 일본어로 일본 슈퍼바이저를 꾸짖었다는 것이 말이다. 일본인이 돌아간 뒤에 S대 출신의 기사에게 물어봤다.

"과장님이 왜 저렇게 화내신대유?" 평소에 조용조용 하시고 이런저런 잔소리도 없으신 선비 같은 분이었는데 그날따라 그렇게까지 화를 내는 것은 처음 보았다. 기사님이 얘기하기를 일본 슈퍼바이저가 어떤 현장 일에 대해 시정해 달라고 하는데 L 과장님이 그 정도면 된 것이 아니냐고 했단다.

서로 옥신각신 이야기가 진행되는 중에 일본인 슈퍼바이저 한 사람이 자기 동료에게 일본말로 이런 이야기를 했더란다. 우리 현장 소장에게 얘기해서 저 L 과장의 목을 자르자고……. L 과장님이 영어는 서툴러도 일본어에는 능통하다는 것을 그 두 일본인은 몰랐던 것이었다.

그 소리를 알아들은 L 과장이 화가 나서 그들에게 언성을 높이고 삿대질을 했던 것이었다. '네 것들이 뭔데 이깟 일로 내 목을 잘러! 젊은 것들이 버르장머리 없이…….' 뭐 대충 이런 내용이었겠지. 아무튼, 두 일본인 슈퍼바이저는 본전도 못 찾고 허둥지둥 돌아갔다.

"기사님! 기사님은 영어 공문을 번역도 하고 답도 하면서 왜 영어로는 한마디도 안 하세요?"

"흐흐, 나는 완벽한 문장이 머릿속에서 만들어지지 않으면 입에서 안 나오더라."

세상을 살다 보면 불편 부당함에 대응할 필요도 있다. 화날 때는 화도 내자. 그러나 약자일 경우엔 더 많이 배우고 익히는 것이 먼저겠지?

삶을 함축적으로 산 어떤 사나이

아프케이 시멘트 플랜트에서 근무할 때의 일이다. 우리 부서의 P 계장님께서 소장실에 결재를 다녀왔다. 자리에 앉으신 뒤 서류를 훑어보더니 "어? 이 서류 소장님 싸인이 빠져있네!"

P 계장님은 다시 결재해야 할지 그냥 서류철에 묶어놔야 할지를 망설이면서 서성거렸다. 나도 망설였다. 이런 경우를 대비한 것은 아니지만 해결할 방안이 있었으니까.

"저…… 계장님?"하고 부른 후 자초지종을 말씀드렸다. 시간 날 때 심심풀이로 여러 간부님의 싸인을 따라 해봤다고……. 그리고 이면지에 소장님의 싸인을 한 후 보여드렸다. 의아해하시던 P 계장님은 다시 한 번 해보라고 말씀하셨다.

"똑같다! 똑같어……." 이미 소장님의 허가를 맡은 서류지만 싸인만 빠져있는 서류의 결재란에 소장님의 싸인을 했다. 흡족해하는 P 계장님! 당신의 싸인도 해보라고 했다. 당사자 앞에서 하려니 쑥스러워 뒤돌아서서 싸인을 한 후 보여드렸다.

"허어…… 이놈 봐라? 내 싸인인데 내가 봐도 분간할 수가 없네! 오늘로 끝이다. 더 이상 하지 마라."

"예……."

그런 후 현재의 소장님에 대해 한 말씀 했다. 지금 소장님은 자기와 나이는 동갑인데 직급은 몇 단계나 높다고 했다. 그 이유가 소장님은 대학을 7년이나 다녔기 때문이라고 했다.

"대학을 7년요?"

내가 이해하지 못하자 다시 설명하셨다. 한 해 동안은 학교에 다니고 그다음 해엔 돈을 버느라 휴학을, 그 다다음 해엔 또다시 학교에 다니고……. 가난 때문에 이렇게 대학을 7년 만에 졸업했단다.

"아…… 그런 방법도 있었구나!"

나는 그저 가난하면 대학도 포기하고 자기 형편에 맞게 중고등학교나 나오고 말아야 한다고 생각했는데…….

어디서 들은 적도 본적도 없는 얘기에 다소 충격을 받았다. 지금까지 사는 동안 이 얘기를 여러 사람에게 한 예로서 들려주었다. 이런 방법도 있었는데 나는 지레짐작하여 실업계 고등학교를 선택했으니…….

사실 가난 때문이기도 했지만 공부가 하기 싫은 것도 약간은 있었다. 실업계를 나오면 공부가 끝인 줄 알고, 더 이상 공부를 안 해도 되는 줄 알고, 공부는 평생 해야 한다는 걸 모르는 어리석을 때였다. 어쨌든 그 소장님은 3년을 더 늦게 대학을 졸업하고도 남보다도 더 열심히 했기에 아주 빠른 승진을 거듭했던 것이었다.

몇 해 전 동창 모임에서 아직도 대림에 근무하는 친구에게 그 소장님의 근황을 물어보았다.

"아! K 소장! 다른 회사로 옮기셨는데 몇 년 전에 돌아가셨어!"

"뭐?"

다소 존경했던 분이었는데 너무나 안타까웠다. 하루를 이삼일로 사신 그의 함축적인 삶이 그를 일찍 데려간 듯했다.

'아……. 그러나저러나 앞으로 그 양반에 대해 다른 사람들에게 뭐라 말하지?'

세상을 열심히 살자! 악착같이 살자! 그러나 너무나 일찍 사랑하는 사람들의 눈에서 아픔과 아쉬움의 눈물을 흘리게는 하지 말자.

다른 건 몰라도 건강만은 꼭 지키고 살자.

자존심 때문에 밝히고 싫지 않은 이야기

아프케이 시멘트 플랜트 사무실에서 잠시 근무할 때의 일이다. 자존심이 상한 일이기에 그냥 묻어 두고 싶었지만 부끄러운 부분이라고 언제까지 덮어둘 수 있겠는가?

어느 날 부서장님과 계장님이 하는 말씀을 들었다. 부서장님과 함께 직전 현장에서 근무하던 어떤 직원이 휴가가 끝나고 다시 오게 되는데 타 현장으로 배치받을 예정이지만 이 현장의 사무실로 불러들일 것이라는 말이었다. 이 사무실에선 나 혼자서도 충분한데 이곳으로 불러들인다는 것은 나를 현장으로 내보낸다는 것이 내포된 말이다.

하늘이 노랗게 변하고 힘은 쭉 빠졌다. 그 대세를 거스를 방법은 아무것도 없는 것 같았다. 스스로 알아서 나가주는 수밖에……. 때마침 담석 수술한 지 보름도 되지 않은 사람이 우리 부서로 배치되었다.

이란 현장에 근무할 당시 정전으로 정수기가 가동되지 않아 십수일 동안 석회질이 많이 섞인 물을 그대로 마셔 담석증에 걸렸단다. 회사에서는 근무 계약 기간이 만료되었고 그 물로 인하여 담석증에 걸렸다고 인정하면 이미지가 손상될까 봐 개인적인 사정으로 발생한 병이라고 밀어붙였다고 한다.

산업재해로 인한 보상은커녕 치료조차 해주지 않아 자비로 치료할 수밖에 없었단다. 그때까지 번 돈은 모두 다 까먹었기에 너무나 억울하여 수술한 지 보름도 되지 않았지만 죽을 때 죽더라도 이 회사에서 죽겠다고 다시 출국했단다.

그래서 현장 일은 도저히 어려워서 못 하니 사무실에서 근무하게 해 달라고 한 뼘도 더 짼 배를 보여주며 눈물을 글썽였다. 나는 그 기회를 놓치지 않고 현장으로 보내 달라고 부서장께 말씀드리고 사무실을 나왔다. 사실상 쫓겨나는 것이지만 그 사람에게 양보하는 모양새를 갖추고…….

현장으로 가는 길, 뜨거운 태양과 모래밭의 지열로 등줄기엔 뜨거운 땀이 계곡에 물 흐르듯 흘러내렸다. 얼굴엔 어느덧 땀이 흐르더니 알 수 없는 눈물까지 왈칵 쏟아져 눈물과 땀으로 범벅이 되었다.

'바보같이 눈물은……. 지가 능력이 없어 쫓겨나거늘 뭘 잘했다고 울어!'

새로 올 사람이 원망스러워서가 아니라 바보 같은 내가 미워서 눈물이 났나 보다. 우리 부서로 오기로 했던 사람은 나와 같은 학교 출신이었다. 학창 시절부터 다소 절친한 사이였다.

"……"

바보는 오늘도 육중한 기계가 토해내는 기름 묻은 부품을 검사하고 있고 그때 그 친구는 골프는 부담스럽지 않으나 술값이 만만찮아 한국의 진로소주 한잔하기에도 부담스럽다는 캐나다로 이민 가서 잘살고 있다.

뛰자! 이 세상을 팍팍하게 살 필요는 없지만, 남에게 치이지 않을 정도로는 뛰자!

바보, 미인을 얻지 못하다

어느 휴일, 시내에 나가 쇼핑을 하려다 날이 너무나 무더워 포기하고 숙소 근처에서 용산 출신의 친구를 만나 그 친구의 숙소로 놀러 갔다. 우리가 들어가자마자 그 방에선 깔깔거리며 배를 잡고 웃고 있었고 한 친구는 캑캑거리며 쓰레기통에 무언가를 뱉어내고 있었다.

그들은 우리를 반기면서 재미있는 게임이 있으니 가까이 오라고 말했다. 먼 훗날에 있을 일인데 내가 옥황상제 앞에 끌려온 것으로 가정했다.

"자, 지금까지 얼마나 많은 죄를 저질렀는지 그리고 얼마나 많은 여자를 괴롭혔는지 이실직고하거라……." 20대 초반인 그때는 뭐 죄지을 일이 많았을까? 그래서 웃으면서 고개를 가로저었다.

그랬더니 내가 아무리 입 다물고 부정해도 증거가 있으니 발뺌할 수 없다고 했다. 그러면서 한 친구가 은박으로 된 껌 종이를 이리저리 접더니 나보고 어느 한쪽을 찢으라고 했다. 시키는 대로 찢은 후 펼치니 한글로 '죄' 자라는 글자의 형상이 나왔다. 내가 죄를 짓지 않았다면 다른 글자가 나왔을 텐데 죄를 지었기에 이런 글자가 나온 거란다.

그러자 옆에 있던 친구가 바람을 잡았다. 나보고 중국 사람이라고 둘러대라고……. 그들이 시키는 대로 장난기 어린 목소리로,

"나는 중국 사람이라 이런 글은 모릅니다"라고 말했다. 다른 은박 껌 종이를 이리저리 접더니 어느 한두 군데를 다시 찢으라고 했다. 그들이 시키는 대로 하자 이번엔 아까보다 더 부정확하지만, 한문으로 '罪' 자라는 글자가 나왔다.

"봐라, 이놈아 어딜 발뺌하느냐?" 그러자 직전과 같이 또 변명하라고 알려주었다. "나는 얼굴이 노란 동양인이지만 일찍이 미국으로 건너가 살아서 영어밖에 모릅니다."라고 말했더니, "어허 그래?" 하면서 또다시 은박지를 이리저리 접더니 또다시 한두 군데를 찢으라고 했다.

그러자 이번엔 'HELL'이라는 글자가 나왔다(지금까지 여러 번 은박지를 찢어 이런저런 글자가 나왔는데 이걸 재현하려고 시도했으나 도저히 기억나지 않는다). HELL! 이건 지옥이라는 말이라며 내가 지금까지 수많은 죄를 짓고도 거짓말까지 밥 먹듯이 했으니 중벌로 다스려야 한다고 말했다.

"얘들아, 저 죄인을 불구덩이에 집어넣어라"라고 말하자 곧바로 또 바람잡이가 나서더니 아무리 많은 죄를 지었더라도 죄를 면할 기회를 줘야 한다면서 은박 껌 종이를 잘게 찢은 후 내 왼손에 올려놓았다. 그러면서 오른손 엄지손가락으로 눌러서 붙인 후 1개라도 떨어뜨리지 않게 들면 내 모든 죄를 용서해 준다고 하면서 얼른 해보라고 했다.

그러나 몇 차례 시도했지만 쉽게 들러붙지 않았다. 입김을 은박지에 불면 된다고 바람잡이가 알려주기에 입김을 호~~~ 하고 부는데 다른 한 친구가 은박지를 든 나의 왼손을 밑으로부터 위로 톡 쳤다. 그러자 덩어리가 된 은박지는 나의 볼을 맞고 바닥에 떨어졌다. 순간 웃으려고 하던 그들은 뭔가가 잘못되었다고 생각했는지 실망감으로 가득했다.

"미안, 미안 내가 왜 손을 건드렸지?" 그러더니 다시 은박지를 잘게 찢어 내 왼손 위에 올려놓고는 입김을 불라는 시늉을 했다. 입김을 불려고 고개를 숙인 순간 왼 손바닥에 놓인 은박지 조각들이 내 입속으로 날려 들어갔다. 입천장과 잇몸 그리고 이 사이에 은박지 조각들이 눌어붙었다. 얼른 휴지통이 있는 곳으로 뛰어가서 캑캑거리며 입에 들어간 은박지를 뱉었다.

"엡 퉤 퉤……."

그 방에 들어설 때부터 눈치를 채지 못한 나를 그들이 가지고 놀았다. 내가 바보가 되어 그들에게 많은 웃음을 선사했다.

"으하하……. 으하하하……."

다음 날 출근하는 버스에 앉아 눈을 붙이고 있는데 어제 장난친 주동자 중 한 친구인 Y가 쪽지 하나를 건네주었다. 주소와 이름 그리고 다음과 같은 글씨가 쓰여 있었다.

'내 여동생인데 잘해봐……'

'뭐 뭐 뭐? 뭐야? 나를 바보를 만든 뒤 지 여동생을 소개시켜?' 도저히 이해되지 않는 상황이었다. 그로부터 한 1년쯤 뒤 용산 출신의 한 친구가 우리 부서에 배치되었다. 이런저런 얘기를 하다가 그 친구가 뭐 하나를 물어봤다. Y의 여동생과 아직도 사귀냐구…….

그러면서 그 친구는 Y의 여동생이 고등학교 다닐 때 퀸카였다며 엄지손가락을 치켜세웠다. 여러 친구가 온갖 아양을 떨며 Y에게 여동생을 소개해 달라고 졸라댔지만 모두 거절했었다고 하면서 나보고 행운아라고 부러워했다.

"서너 번 편지를 주고받다 그냥 끝났어……."

"뭐? 너 바보 아냐? 그런 미인을 차버리고?"

오히려 그 친구가 더 속상해했다. 누가 차고 누가 차인 것은 아니지만 Y의 동생이 미인이란 소릴 들으니 뭔가 허전하고 되게 아쉬웠다. 놓친 물고기는 너무나 큰 대어였나 보다.

'에이, 좀 더 적극적으로 잘해볼걸…….'

당시 그곳에선 편지를 보내고 답을 받으면 1달이나 걸리니 무슨 정이 들었을까? 무슨 사랑의 감정이 싹텄겠나? 그냥 흐지부지 끝났지…….

어쨌거나 바보는 미인을 얻을 수 없나 보다.

(이 글을 본 마누라 왈!– 그래! 난 추녀다…….)

세상은 나름대로 공평하다

철없던 20대 초반부터 벌써 몇 번째 출국과 귀국을 반복했으나 현장의 막노동에 가까운 일이 적응이 안 되는 동료 중에는 떼를 쓰다시피 하여 사무실에 근무하는 이들도 더러 있었다. 물론 부서장이나 슈퍼바이저(관리자 또는 기술자로서 우리 회사에서는 기사로 불렸다)의 눈에 들어 사무실에서 근무하는 이도 있기는 하지만 말이다.

다른 지역 출신의 어떤 한 친구는 다른 사람들이 몇 개월이면 딸 수 있는 파이프 용접 자격증을 2년이 다 되도록 따지 못하여 그저 막 철판이나 허드렛일로 하루하루를 보낼 수밖에 없었다(파이프를 용접하거나 허드렛일을 하거나 크게 다를 것은 없었지만…….)

빨리 자격증을 따서 파이프 용접을 해야 하는데 그러지 못하니 상사들로부터 자주 꾸지람을 듣는다. 몰래 구석에서 자다가 들켜서 혼나고, 일 안 하고 노닥거리다 들키면 다른 사람은 놔두고 꼭 그 친구만 나무란다. 술 먹고 늦게 출근하다 혼나고(중동에서 일할 적 싸데기라는 이름의 밀주가 있었다).

여하튼 그 친구로선 그곳은 도저히 적응이 안 되는 동네요, 지옥과 같은 곳이었다. 너무 어려워 포기하려니 군대에 끌려갈 건 뻔한 이치! 그저 죽지 못해 끌려다니는 도살장의 소의 신세였으나 3년 차쯤 그에게도 기회가 왔다.

우연히 외국 슈퍼바이저와 노닥거리다 현장 순찰 중이던 부서장에게 들켰다. 잔뜩 주눅이 들어 사무실에 끌려갔지만, 꾸지람은커녕 새로운 제안을 받았다. 영어 발음도 좋고 대인관계도 좋으니 사무실에서 원청 회사의 외국인 슈퍼바이저를 상대로 일해보라는…….

그 친구는 학교 다닐 때도 늘 성적이 뒤에서 손가락으로 꼽을 정도였고 술도 없는 이곳에서 싸데기(귤이나 과일, 이스트를 이용하여 담근 밀주)라는 술을 담가 이 사람 저 사람과 나누어 마시고 노닥거리기 좋아하고, 출근하면 늘 실수하여 혼나는 사람으로, 남은 물론 본인도 인정하는 사회 부적응자였다.

"아! 어디 놀면서 사는 세상은 없나?"

그러던 그 친구가 사무실에서 원청회사의 외국 슈퍼바이저를 상대하더니 실력 발휘를 하기 시작했다. 현장에서 쓸 수 있는 여러 가지 소모품을 공짜로 얻어 나누어 주기도 하고 현장 반장의 실수로 잘못 설치된 설비를 새로 뜯으라는 외국 슈퍼바이저의 지시를 그의 영어 수완으로 간단하게 수정하여 마무리하게 되었다.

우리는 툭하면 혼나고 자주 땡땡이치던 그에게 시기심이 났지만, 부서장은 그의 활약에 늘 기분 좋아했다. 조장이나 반장, 심지어는 슈퍼바이저보다 더 좋은 대우를 받는 것 같았다. 휴일에는 외국인 슈퍼바이저 숙소에 놀러 갔다 와서는 여러 가지 맛있는 빵이나 과자와 귀하디귀한 양주까지 얻어와 한 모금씩 마셔보라고 인심을 쓴다. (사우디아라비아에서 정식으로 거래되는 술 종류는 없다. 밀주거나 암거래만 있을 뿐)

그러던 중 정식 직원 채용 일정이 공지되었다. 시험과 고과점수, 면접으로 이루어졌는데 현장에서 일하고 있던 나는 시험방식에 대해 불만이 많았다. (대부분 사무실에 근무하는 사람들이 합격할 것이란 생각 때문이다) 사무실에서 근무하니 부서장이나 슈퍼바이저와 가까워 현장 근무자보다 고과점수가 높을 것이고 근무 중 틈나는 대로 시험공부에도 대비할 수 있으니 말이다.

어쨌든 나는 시험도 소홀히 했고 화가 난 상태에서 면접도 치렀는데 면접관과 언쟁도 있었다. "보나 마나 사무실 근무자가 대부분 합격할 텐데 이런 시험은 부당합니다. 나는 계약만료와 함께 그만두겠습니다."

내 생각처럼 대부분 사무실 근무자가 정식사원이 되었다. 극소수 현장에서 열심히 일한 사람도 합격했는데 그들의 합격은 우리들 간엔 전설로 여기고 있었다. 그리고 외국어에 능통하여 뒤늦게나마 그곳에 적응한 그 친구도 합격했다.

오랫동안 회사에 대한 원망으로 살아온 내가 훗날에서야 깨닫게 된 것은 그 친구와 나를 비교할 때 내가 오히려 사회 부적응자였다는 것이다. 어쨌든 이 세상은 나름대로 공평하다고 생각되었다.

그러나 아무리 능력이 뛰어나도 이 세상을 제대로 읽지 못한다면 그에 따른 몫은 아주 적다는 생각이 들었다.

스탠밥! 그대는 먹어 보셨나요?

스탠밥! 그대는 먹어 보셨나요? 아니, 스탠밥이란 말 자체는 들어보셨나요? 아마 그 말 자체도 들어본 적이 없을 겁니다. 그럼 '스탠바이!'는요? 조금 알 것 같다구요?

"스탠바이 큐!"

이 말은 아시겠네요. 영화 촬영을 할 때 들었던 소리지요. 감독이 배우에게 기다리고 있다가 동작을 시작하라는 말일 겁니다.

"Standby!"

사우디아라비아에서 종종 들었던 말입니다.

"스탠바이"

그 스탠바이가 일부 영어에 익숙지 않은 아저씨들에 의해서 '스탠바이 먹었다'에서 '스탠밥'으로 바뀌었습니다. '스탠밥' 그 말은 우리에겐 약간의 공포의 언어입니다.

영화 촬영 시엔 '대기하라'라는 뜻이지만 우리에게는 무엇인가를 잘못했을 때 내려지는 벌인 "취업 정지"에 해당하니까요. 학교 다닐 때 말썽 피우는 학생들에게 주어지는 '정학'쯤으로 이해하면 될 겁니다.

그 당시 사우디란 나라는 술이 없습니다.

술을 팔 수도 없습니다.

술을 만들 수도 없습니다.

물론 술을 수입하지도 않습니다.

그러나 재주 좋은 이들은 절간에 가서도 고기를 얻어먹는다고 술이 없다고 술을 못 먹는 것은 아닙니다. 선원을 통하여 밀수된 술을 사 먹기도 하고 이스트와 과일 등을 이용하여 술을 담가 먹기도 합니다.

이렇게 만든 술을 우리는 '싸데기'라고 부릅니다(어원은 잘 모르겠음). 고국에서 술독에 빠져 살던 이들은 이렇게 술을 몰래 담가 먹습니다. 물론 회사에서는 허용하진 않습니다.

그러니 들키면 혼도 나고 며칠 동안 취업 정지를 당하기도 합니다. 우리는 이럴 때 스탠바이 당했다, 또는 스탠바이 먹었다고 말합니다. 그 말이 '스탠밥을 먹었다'라고 바뀌었습니다.

어느 날 몇몇 사람들이 작업 현장에서 싸데기를 담가서 마셨습니다. 한 사람이 좀 과하게 먹고 주정하는 바람에 슈퍼바이저에게 들켰습니다. 같이 마셨던 사람들이 불려 갔는데 술주정한 사람과 술을 담근 사람만 스탠바이를 당했습니다. 그중 한 사람이 집으로 편지를 썼습니다.

"여보, 나 이번 달엔 스탠밥을 먹어서 돈이 조금밖에 안 갈 거야."

그에 대한 답장이 왔습니다.

"여보, 당신이 건강을 생각해서 스탠밥을 먹은 모양인데 돈이 좀 들어도 괜찮아요. 여기는 걱정하지 말고 다음에도 많이 많이 드세요."

그의 아내는 스탠밥이 무슨 보양식으로 아주 비싼 음식인 줄 알았나 봅니다. 현장에서 쓰는 말을 집에서는 알 리가 없죠.

사실 3~5일간 스탠바이를 당하면 월급이 많이 깎입니다. 매일 잔업을 하는데 잔업수당이 없지요, 주차·월차 빠지지요, 연차 줄어들지요, 월급의 20% 이상은 깎일 겁니다. 나중에 그의 아내가 이 사실을 알면 많이 닦달할 텐데 걱정이 되었습니다.

'아이, 이 화상아! 거기서 술 만들어 처먹다가 걸려서 월급이 깎여? 들어오기만 해봐라.'

젖소를 키우며

목장지 구입

사우디를 다녀와서 쉬고 있을 때 동네의 선배 세 분이 젖소 목장을 하고 있었는데 나도 무슨 바람이 불었는지 젖소를 키우고 싶었다. 부모님과 주위에선 이런저런 반대가 심했다. 우리는 농사짓는 집안도 아니고 경험도 없을뿐더러 농토나 목장지가 없다는 것이었다.

우여곡절 끝에 집안에서 젖소 네 마리를 키우게 되었는데 장소도 비좁고 동네 안에서 냄새를 풍기는 것 같아 다른 곳으로 이전하기로 마음먹고 아산의 여기저기 젖소 목장 하기 적당한 곳을 알아보던 차에 탕정면 매곡리에 우사가 딸린 목장지가 있어서 계약하기에 이르렀다.

600여 평에 이미 축사와 젖소운동장, 그리고 축사에 붙은 살림집이 있어서 적당했다. 가격 또한 평당 만 원에 집값으로 300만 원이었으니 적당하다고 생각했다. 그런데 계약서를 쓸 때 2장을 요구했다. 하나는 900만 원짜리, 또 하나는 600만 원짜리다.

나는 아무런 영문도 모르고 해 달라는 대로 그렇게 해주었다. 나중에 알고 보니 그 땅을 판 매도인에게 600만 원짜리 계약서를 주고 나머지 300만 원은 거간꾼끼리 나누는 것이었다. 300만 원이면 당시 반년치의 월급은 된 것 같은데…….

그 당시 토지 매매에선 그러한 커미션은 흔한 일이란 걸 나중에 알았다.

음매 아저씨

나는 자식이 많이 있었다. 큰아이의 이름은 유진이고 작은아이는 유선이, 그 뒤로 유미, 유정이었다. 결혼 후에는 사군자의 이름을 따서 다섯째는 매희, 그다음은 각각 란희, 국희, 대희로 지었다. 그 후 더 있었으나 뭐라 이름 지었는지 기억이 없다.

음매 아저씨!

총각 때 동네 한가운데에서 젖소를 길렀는데 동네 꼬마들이 붙여준 나의 이름이다. 내가 자식이라 말한 것은 젖소의 이름이며 나는 그들을 자식으로 여기며 키워왔었다. 지금 생각하면 동네 안에서 젖소를 키워 냄새를 피운 것이 주위 사람들에게 미안한 일이었지만 동네 아이들에게는 재미있는 구경거리였다.

꼬마들은 자주 우리 집에 놀러 와 젖소에게 풀도 주고 젖도 슬쩍슬쩍 만져보곤 했다. 한번은 울타리 안에서 놀고 있는 어떤 젖소의 이름을 부른 적이 있었는데 그 소가 다가오자 아이들은 온갖 호들갑을 떨었다. 젖소가 주인 말을 알아듣고 다가왔다는 둥, 똑똑한 젖소라는 둥, 말들이 많았다.

'알아듣긴 어떻게 알아들어! 내가 불렀을 때 앉아서 되새김질하는 놈 빼놓고 그놈을 포함해 다 다가왔는걸!' 그렇다고 일일이 아이들에게 그게 아니라고 설명할 수는 없었고 그냥 히죽히죽 웃을 수밖에.

세월이 흘러 젖소가 새끼를 낳기 시작했다. 사람과 비슷하게 10개월 만에 낳는데(정확히 9개월 10일에서 20일 사이) 송아지는 태어나자마자 십수 분 내에 일어선다. 그 새끼에게는 얼른 모유를 짜서 젖병에 넣은 후 먹이게 되는데 그 후로는 제 어미보다 젖병을 든 사람을 더 좋아한다.

한 끼에 2리터 정도 먹이는데 송아지는 간에 기별도 안 가는지 막무가내로 더 달란다. 사람의 무릎이나 허벅지, 엉덩이 어디든 가리지 않고 물고 늘어지며 빠는 데 혈안이 되어있다.

"엄마! 왜 찌찌 안 주는 거야! 엄마 미워!"

그런 송아지의 눈은 얼마나 맑고 깨끗하고 순수한지 모른다. 원래 소는 평생을 주인을 위해 일을 한다. 또한, 죽으면 고기는 물론 가죽까지 바치는 동물로서 犧牲(희생)의 대명사이다. 당연히 그 큰 눈은 슬픔이 가득하다.

소의 눈이 크고 슬프다고 알고 있는 이들에게 송아지의 맑고 순수한 눈을 소개하고 싶었다.

유미야 미안하다

유미야, 20대 후반쯤 내가 결혼하기 전에 얻은 너는 세 번째 딸이었다. 당시에 거금(150만 원 정도?)을 주고 데려왔는데 초유만 겨우 뗀 상태라 그런지 너는 분유통을 들고 있던 나를 어미로 알고 내 뒤만 졸졸 쫓아다녔단다.

내 바지건, 손이건, 엉덩이건, 어디건 물고, 빨고 나를 머리로 치받던 너는 아주 귀여운 딸과 같은 얼룩송아지였단다. 금이야 옥이야 귀하게 키워 새끼까지 수정시킨 후 출산을 열흘쯤 앞둔 어느 날 인근의 좀 더 넓은 목장지를 보러 갔었단다.

그러나 돌아왔을 땐 너는 예쁜 수송아지를 낳고는 일어서지도 못한 채 주저앉아 있었다. 한우는 튼튼하여 혼자서도 잘만 순산하던데……. 집에는 아버님께서 계셨지만, 인근에 사람들이 없어서 너의 출산을 돕지 못했단다. 당시에 핸드폰이 있던 시절이라면 곧바로 너에게 달려와 네가 순산하도록 도왔을 텐데…….

출산이 열흘이나 남았다고 방심한 나의 불찰로 네가 그런 변고를 당하게 되어 미안했다. 며칠 동안 일으켜 세우려고 백방으로 노력했으나 허사로 돌아가자 너를 도축업자에게 팔 수밖에 없었단다. 250만 원도 넘는 너를 50~60만 원에 팔려니 속이 상했는데 다행히 지인을 통해

20~30만 원을 더 받기로 했단다.

너를 실으려고 차가 도착했을 때 서지도 못하는 너를 어떻게 차에 실을까 고민하는데 지인은 너에게 자극을 주면 쉽게 실을 수 있다고 하더구나. 수도꼭지에 긴 호스를 연결하더니 강제로 너의 목구멍에 집어넣어 자극을 주는데 너는 소리도 치지 못하고 고통스럽게 고개를 좌우로 흔들었지. 곧 끝나겠지 하고 생각했는데 지인은 같이 온 사람에게 계속 그 일을 시키고 아무것도 모른 채 마루에 앉아 있는 아버님과 소주를 하러 갔지!

한참이나 지난 후 나는 깨달았어. 너에게 강제로 물을 먹였다는 것을……. 소의 중량을 늘이기 위해 소에게 물을 먹인다는 얘기는 오래전부터 들어 알고 있었는데 이렇게 강제로 고통스럽게 먹인다는 것을 몰랐어. 그저 양동이에 물을 떠서 소에게 물을 먹일 것이라고 순진하게 생각했으니…….

네가 너무 고통스러워하기에 당장에 멈추게 하고 싶었지만, 더 받기로 한 돈 때문에 너의 고통을 외면했다. 내가 처음부터 제지했더라면 너는 고통을 덜 받았을 텐데,

어쨌거나. 미안하다. 유미야.

선진지 견학

축협에서 각 지역의 축산계장들에게 1박 2일 동안 선진지 견학을 시켜줬다. 우리 지역의 축산계장은 개인적인 사정이 있어서 내가 대신 가게 되었다. 버스 한 대가 대절되었고 나처럼 일부는 축산계장 대신 평조합원들이 나왔다. 아침 착유를 끝내고 버스에 올랐는데 경북 울진의 백암온천으로 향했다.

당시 나는 착유 젖소를 키운 지 몇 년 안 된 새내기나 마찬가지라 선진지 견학에 대한 기대가 많았다. 서로서로 잘 모르는 사이라 서먹서먹했지만, 주최 측에서 마련한 소주와 안주로 인하여 버스 안은 춤과 노래로 어우러진 축제장으로 변했다.

중간에 휴게소에서 점심을 먹고 한참을 달린 끝에 백암온천에 도착했다. 호텔인지 리조트인지 온양온천의 호텔보다 규모가 커 보였다. 우리는 우선 대중탕으로 향했다. 그런데 아무리 헹궈도 비눗물이 빠지지 않은 것처럼 몸이 미끈거렸다.

"온천물이 왜 이렇게 미끈거리지?"

그랬더니 여기는 유황 성분이 많은 온천이라 미끈거리는 게 특징이란다. 사람들은 몸에 좋다고 좋아하는데 나는 몸에서 비눗물이 빠지지 않은 것 같아 영 찝찝했다. 목욕을 하고 저녁을 먹은 후 각자 돈을 추렴해서 근처의 나이트클럽으로 갔다. 좀 이른 시간이라 사람들이 많지는 않았는데 시간이 지나자 자리가 꽉 찼다. 우리 일행은 사교춤 추는 사람은 하나도 없었고 대부분 막춤을 추었다.

유독 이리 뛰고 저리 뛰며 잘 노는 이가 있었다. 일행 중 유일한 노총각 아저씨는 다른 일행의 아줌마 한 사람을 껴안아 든 채 빙빙 돌리기에 '저러다 뺨 맞는 것 아닌가?' 했는데 상대방은 불쾌해하거나 싫어하는 내색을 하지 않아 의외였다.

우리는 좀 더 놀다가 숙소로 올라왔는데 땀을 뻘뻘 흘리던 노총각 아저씨가 소주와 안주를 사 들고 들어오기에 우리는 한 잔씩 더 한 후 잠자리에 들었다. 다음 날 모두 늦잠을 잤다. 이렇게 늦잠 자다 선진지 견학은 언제 하나라고 생각했는데 일행들 모두는 천하태평이다.

"우리 목장은 언제 가요?"

"무슨 목장요?"

"오늘 선진지 견학 가잖아요?"

"예?"하면서 웃는다.

"그런 일 없어요, 우리 그냥 놀러 온 거예요"라고 하면서 사람들은 나를 초짜 취급한다. 그냥 여행을 보낸다고 하면 비난이 있을 수 있으니 선진지 견학이란 이름으로 포장한 것을 알게 되니 씁쓸한 웃음이 나왔다.

지금도 여전히 선진지 견학이란 이름으로 여행을 가는데 옛날 같지는 않겠지?

얼치기 농사꾼의 밭

지난달 말 밭에 가서 제초제를 뿌리고 이틀 후인 5월 1일 근로자의 날에 쉬기에 고구마 싹을 심는데 바로 옆에서 꿩이 날아갔다.

"후다닥……."

"으이…… 깜짝이야……."

바로 옆을 보니 여러 개의 알이 들어있는 둥지가 있었다.

"하나, 두울, 세엣……."

모두 열세 개. 밭 관리를 엉망으로 했기에 꿩이 숲으로 알고 둥지를 틀었으리라. 조류에 관심이 많은 작은딸에게 연락했더니 그다음 주에 보러왔다.

"아빠! '꿩 먹고 알 먹고'란 말 아시죠? 꿩이 알을 품을 땐 웬만하면 도망가지 않아 꿩을 쉽게 잡을 수 있어서 생긴 말이래요. '꿩 먹고 알 먹고'. 그리고 꿩은 여러 개의 알을 낳아놓고 부화하기 때문에 한두 개씩 빼 먹으면 채워 넣느라 더 낳으니 조금씩 빼 먹어도 괜찮대요……."

하는 말이 진짜로 알을 꺼내주면 먹을 것 같았다. 어쨌든 꿩이 놀랄까 봐 조심스럽게 일했다. 생전 처음 마누라보다도 더 눈치가 보였다.

오늘은 2주째! 비가 온다. 마누라는 꿩 둥지에 우산을 씌워 줬으면 좋겠다고 하는데 그랬다간 지나가는 사람들에게 광고되어 꿩이고 알이고 남아나지 않을 거라고 말했다. 이번 주말이면 부화할 텐데 새끼들에게 무언가를 먹이고 싶다! 일이 있어 2주가 지나고 가봤더니 둥지는 텅 비어있다. 부화한 후 새끼들을 데리고 어디 살기 좋은 곳으로 이사했나 보다.

말도 안 하고 그냥 가서 약간 섭섭했다.
새끼들과 잘 살아라…….

팔불출의 삶

식탁에서

식탁에서

늘

나는

앞으로 반찬을 잘하라는 의미로

이 음식은 싱겁다

저 음식은 짜다

지적하면

마누라 표정이 매섭다

'또 반찬 투정!

이렇게 생각하는 것 같았다

난 반찬 투정 아닌데

듣는 이는 화가 나나 보다

얼마 전

TV 특집프로 생로병사의 비밀에서

소금 편을 보게 되었는데

우리나라 사람들은

소금 섭취량을 아무리 줄여도

권장량을 초과한다는 것이었다

그리고

소금이

싱거운 음식의 간을 맞추는

조미료의 하나인 줄 알았는데

음식의 맛을 좌우한다는 것을

불혹의 나이를 지나고도 칠 년이 지나서야 처음 깨달았다.

아직도

나는

엄마가 해 주는 음식이 마누라가 해 주는 음식보다 맛있다

아버지 살아계셨을 때

엄마께 경고(?)하셨었다

계속해서 음식을 짜게 하면 병 걸린다고

엄마는

오래전부터

고혈압을 낮추는 약을 드신다

여러 원인이 있겠지만

짠 식습관이 가장 큰 원인인 듯하다

그 때문인지

내 혀는

음식이 싱거우면

맛이 없는 음식으로
약간 짜면 맛이 있는 음식으로 인식한 것이 틀림없다

이제부터
소금을 줄여 싱겁게 먹어야지
병이 무서워서라기보다 귀찮게 약을 달고 살기 싫어서다
마누라가 반찬을 싱겁게 하면 약간 짠 음식과 적절하게 안배해서 식사했다
식탁에서 마누라와의 사소한 다툼이 약간 사라졌다

"애들아, 음식을 싱겁게 먹으니 식탁 분위기가 달라졌지"
그러자 작은딸이
"아빠! 우린 예전부터 엄마가 해주는 음식이 맛있었어요"
"우리 집에서 달라진 건 아빠뿐이에요"

"......"

이번 명절 휴가 중 한 번쯤은

이번 명절 휴가 기간 중 한 번쯤은 남편은 아내에게, 아내는 남편에게 고마움의 표시로 상대방의 발을 씻겨줘 보자. 상당히 어색할지 모른다. 아내가 남편에게 발을 씻길 때,

"여보, 한 해 동안 고생 많았어요, 당신이 열심히 벌어다 준 덕분에 음식 장만하는 데 부족함이 없네요."

사실 동서들끼리 열심히 음식 장만할 때 남자들은 고스톱에다 TV만 보느라 도와주지는 않았지만, 꾹 참고 덕담 한마디 하고 억지로 욕실로 끌고 가 대야에 미지근한 물을 받아 남편의 발을 씻겨보자.

흉측한 발 모양, 딱딱한 각질이 비위에 상할지 모르지만, 세상에서 가장 존귀한 남편을 지탱해 주는 발이려니 생각하고 실천해 보면 그 발도 한없이 멋있어 보이리라.

남편이 아내의 발을 씻길 때,

"여보, 음식 준비하느라 너무 고생 많았소, 내 고스톱을 하면서 얼마나 바늘방석이었는 줄 아시오? 마음이야 설거지라도 도와주고 싶었지만 어른들 눈치 보느라 그리 못 했소, 이해해 주시구려."

제사나 명절 때에 며느리들이 음식 장만할 때 덕담 한마디 하고 억지로라도 대야에 미지근한 물을 받아 아내의 발을 씻겨보자.

"이이가, 미쳤나? 평소에 안 하던 짓을 다 하고……."

저항이 만만찮겠지만 이번만을 포기하지 말고 끝까지 목적을 달성해 보자. 탱탱한 이십 대 때의 부드러움은 다 사라지고 여기저기 굳은살이 박여 흉물스러울지도 모르지만, 이 발이 가족들의 화목과 안녕을 지탱해 준 발이려니 생각하면 한없이 이쁘게 보이리라.

설날 다음 날 실천해 보려 했는데 저항이 만만찮아 실패!

불효자식

우리 아버지는 술을 좋아하셨다. 아니, 많이 사랑하셨다. 아무 술이나 좋아한 것도, 비싼 양주를 좋아한 것은 아니었다. 두꺼비표 진·로·소·주를 많이 좋아하셨다. 집 안 헛간에 진로소주가 1박스씩 있었고 빈 병이 자루에 가득 담겨 있었다.

일주일에 5일 이상 술을 드셨으며 때때로 만취되어 퇴근하신 적도 있는데 그때는 동네 아저씨나 입술연지를 빨갛게 칠한 아가씨가 부축해서 들어오곤 했다. 그런 때는 나이 어린 나도 성질을 내며 아버지를 미워했다. (교육자가 그래도 되남유?)

한번은 장롱을 해우소로 착각하시고 그 일을 보셨을 때는 나는 이성을 잃었다. 성장하면서 술을 드시든 안 드시든 아버지의 말씀을 잔소리로 여기게 되었으며 사사건건 반기를 들었다. 식사 때 사소한 일로 다투기도 여러 번이었고, 심지어 내 결혼식 날 아침에도 사소한 일로도 다투었다.

결혼 후 몇 개월 동안 부모님과 함께 살았는데 내가 아버지와 티격태격하자 마누라가 하소연했다.

“당신이 잘못한 것은 아니지만 아무것도 아닌 것으로 다투지 않았으면 해요, 설령 당신이 이겼다고 해도 무슨 득이 있겠어요? 그러는 당신 때문에 내가 아버님을 뵙기가 너무 민망하고 죄송해요."

"……."

몇 개월 후 우리는 탕정으로 분가를 했고 수시로 배방 이내를 드나들었으며 아버지와의 다툼은 많이 줄어들었다.

'저놈이 장가들더니 많이 좋아졌네…….' 아마 이렇게 생각하셨으리라.

지금부터 수년 전 눈이 몹시 내리던 어느 날 아버지께서 돌아가셨는데 대부분 형제가 아버지의 임종을 지켜보았다. 임종 훨씬 전 정신이 다소 있었을 때 제일 말썽 많은 넷째아들을 찾았다고 어머니가 말씀하셨을 땐 쥐구멍에라도 들어가고 싶은 심정이었다. (큰형님, 작은형님도 계신 자리에서 왜 하필 나를?)

며칠 전 퇴근길 눈발이 날리자 새삼스럽게 아버지가 돌아가시던 그때가 생각이 나서 과거의 나로 돌아가 보았다. 평소 아버지가 술을 좋아하시는 그것만큼 나는 아버지의 음주를 싫어했으며 식사 때 가족에게 술을 권하면 나는 늘 거부하곤 했다.

"싫다는데 왜 주세요!"

그랬으니 평소에 내가 아버지를 위해 술을 받아들였겠는가? 평생 술을 한 번도 안 사드린 건 아니지만 인간 대 인간으로, 사내 대 사내로서 아버지를 즐겁게 접대한 적은 거의 없는 것 같다. 나의 어떤 잘못보다도 그 점이 제일 후회된다.

만약 아버지가 이승에 잠시 내려오신다면 나는 얼른 진로소주를 사오리라. 그리고 마누라보고 두부찌개를 끓이게 하고 즐거운 마음으로 대작하고 싶다.

"아버지 잘난 것도 없는 놈이 사사건건 툴툴댄 거 죄송합니다……."

4일장을 치렀을 때도 눈물 한 방울 흘리지 않았던 나의 눈시울이 새삼스레 뜨거워진다.

편애 1

우리 집 뒤뜰에는 밤나무가 두세 그루 있었다. 많은 편은 아니지만, 가을에 수확하면 두세 말은 넘은 것 같다. 구워 먹고 삶아 먹으면 좋으련만 엄마가 내놓지 않으셨다. 그저 식사 때 밥에 넣은 밤을 먹을 수밖에…….

겨울방학이 되자 서울에서 고등학교에 다니던 셋째 형님이 내려오셨다. 저녁 식사시간! 각자 앉아 있는 자리에 밥이 놓였는데 밥 위에 밤이 많은 것은 형님 앞에, 적은 것은 내 앞에 놓였다.

엄마가 보시더니 반대로 바꿔 놓았는데 반찬과 국을 가지러 갔다 돌아오자 나의 밥과 형님 밥이 또다시 바뀌어 처음처럼 놓여 있었다. 내 밥 위엔 밤이 별로 없었지만 먹으면 먹을수록 밑에는 밤 천지였다.

맛이야 꿀맛이지만 불안한 상태로 먹어야 했기에 맛있는 식사는 아니었다. 고개를 들어 형이나 엄마를 쳐다볼 수가 없었다. 엄마가 되돌려 놓았을 때 나는 짐작했었다. 겉에는 밤이 많지 않을지라도 속에는 밤이 많다는 것을…….

그러나 오늘날까지 나의 부모님이 형제간에 편애했다는 생각은 손톱만큼도 해본 적이 없었다.

모처럼 내려온 형에게 밤이 많이 든 밥을 드리는 건 당연한 것 아닌가?

편애 2

대상이 하나가 아닌 둘 이상일 때 우리는 편애한다. 의식적으로든 무의식적으로든……. 우리 몸에 둘 이상인 기관(눈, 귀, 팔, 다리 등등)조차 우리는 편애한다. 왼손과 오른손, 오른발과 왼발, 그리고 왼쪽 귀와 오른쪽 귀……. 그것은 왼손잡이냐 오른손잡이냐에 따라 어쩔 수 없는 것 아니냐고 따질 수 있겠지만 어쨌든 왼손엔 예쁜 반지나 고급 시계를 채워주고 오른손은 모든 힘든 일을 도맡아 하게 한다.

그래서 시골 아낙의 오른팔은 왼팔보다 더 아프다. 오른팔 입장에선 왼팔이 미울 수도 있다. 그런데 정말로 편애할 것 같지 않은 기관인데 편애하는 것이 있다.

눈…….

우리는 무의식적으로 한쪽 눈을 더 많이 쓰고 있다. 자기는 결코 왼쪽, 오른쪽 눈을 공평하게 이용한다고 생각하는 이는 내 앞으로 나오라! 증명해 보이리라. 우선 저 멀리 아파트의 모서리나 가로등을 똑바로 바라보라. 그리고 한쪽 손가락을 세워 그곳을 가려보라.

(이때도 대부분 십중팔구는 오른쪽 손가락을 이용할 것이다)

가린 후 움직이지 말고 한쪽 눈을 감고 나머지 한쪽 눈으로 최초의 사물을 바라보라! 그리고 그 반대로 해보라. 분명 손가락이 이동한 것처럼 달라 보이리라. 손가락이 이동한 것처럼 보일 때 그 반대쪽 눈을 주로 이용하여 사물을 본 것임을 알 수 있으리라. 자! 그래도 그대는 그대의 몸조차 편애하지 않는다고 말할 수 있겠는가?

하물며 집안에서 큰아이, 작은아이, 친정 대 시댁, 처가 대 본가는 말할 것도 없으리라. 그러나 큰아이는 빠르고 작은아이는 느리다고 가정할 때 모두에게 똑같이 대해주는 것은 공평한 것은 아니리라. 큰아이 눈에는 작은아이를 편애하는 것으로 보일지라도, 더디고 느린 아이를 위해 좀 더 배려하고, 기다려 주고, 애정을 더 쏟아붓는 것이 진정으로 공평한 것이 아닐까 하는 생각이 든다.

그 아이가 고도의 술수로 부모의 사랑을 더 취하기 위한 것일지라도 말이다.

사라진 어머니의 근심

해마다 추석 보름 전쯤 우리 집은 벌초를 한다. 우리 산소는 아산에 위치하여 가까이에 사는 내가 늘 도맡아 서울에서 내려온 동생과 함께 벌초하곤 했었다. 동생이 사정상 내려오지 못하면 두 딸내미와 마누라를 데리고 벌초를 했는데 나의 어머니는 늘 나만 고생한다고 안쓰러워하셨다.

다른 형제나 사촌들이 벌초에 참여하지 않은 것에 대한 불만으로 당신 스스로 속을 끓이신다. 그럴 때마다 나는 괜찮다고, 아직 건강하니 힘 안 든다고 말씀드려도 막무가내로 걱정만 하신다.

해가 거듭될수록 어머니의 불만은 점점 심해지셨다. 어떻게 하면 걱정하시지 않게 할까? 곰곰이 생각하다 어느 날 이런 말씀을 드렸다.

"엄마! 말 안 하려고 했는데, 엄마가 너무 걱정하셔서 할 수 없이 말씀드리는데요."

"……."

"벌초할 때 형들이나 사촌 형들이 오지 않아 나 혼자 하면 조상님들의 복을 내가 다 받잖아요, 그러니 나는 얼마나 좋아요?"

"……."

'조상님이 딸만 둘을 점지해 줬는데 무슨 복을 받았겠니?' 가끔 며느리에게 손자를 바란 어머니는 마음속으로 그렇게 생각하셨으리라.

아무튼, 그 후로 어머니는 툴툴거리지 않으셨다. 그리고 몇 년 전부터는 형님들이나 사촌 형님들이 퇴직하셔서 시간 여유가 생기자 나에게 벌초할 날짜를 묻고는 많이들 참석하셨다. 조상님들이 나에게만 복을 주기가 미안했던지 다른 후손들도 참여시킨 것 같다.

그러나저러나 눈에 띄게 표시 나는 복은 안 주시네…….

원숭이 나무에서 떨어지고도 아얏소리 못하다

십수 년 전, 벌초하기 위해 풀 베는 예초기를 손보고 있는데 웬만한 나무는 잘 타는 원숭이의 주위에서 뭐가 뭔지 이 세상을 잘 모르는 하룻강아지가 뛰어놀고 있었다.

원숭이는 예초기의 무뎌진 칼날을 교체하기 위해 체결된 볼트를 풀려고 박스스패너를 이 방향 저 방향으로 돌리면서 땀을 뻘뻘 흘리고 있었다.

뭐가 뭔지 이 세상을 잘 모르는 하룻강아지: 아빠 뭐해!

웬만한 나무는 잘 타는 원숭이: 볼트를 풀려고 하는데 잘 안 되네…….

『……. ……. …….』

뭐가 뭔지 이 세상을 잘 모르는 하룻강아지: 그럼 반대로 해봐…….

웬만한 나무는 잘 타는 원숭이: '짜샤! 네가 뭘 안다구 그러냐?' "야! 여긴 위험해 저리 가서 놀아!"

우리가 실생활에서 사용하는 볼트는 대부분 오른나사이다. (오른나사: 잠글 때 시계방향으로 회전시키는 나사이다.)

그러니 이 예초기의 날을 교체하기 위해 볼트를 풀려면 시계 반대 방향으로 돌려야 한다. 평소대로 적절한 힘을 가하여 회전시켜도 꿈쩍도 하지 않는다. 더 세게 틀었다간 볼트가 부러질지도 모르기에 조심스럽게 다루면서 일을 하려니 뜨거운 뙤약볕에 땀만 흐른다.

그것도 모르고 딸내미는 반대로 틀어보란다.

'짜샤! 모르면 가만히 있는 거야…….'

한참이 지난 후 2~3년 전에도 이걸 풀려고 고생했던 기억이 떠올랐다.

"아! 이 예초기는 날의 회전 방향 때문에 오른나사의 반대인 왼나사였지!"

딸내미의 말대로 반대로 틀었다. 찌들었던 볼트는 쉽게 풀리지는 않았지만, 확신하고 힘주어 틀었더니 이내 풀렸다. 딸내미는 저 멀리서 놀고 있었다. 나는 딸내미가 보지 못하도록 되돌아 등으로 가리고 나머지 작업을 마무리했다.

세월이 흐르고 흘러 5~6년이 지난 후에 딸내미가 선생님의 말씀은 잘 귀담아들으면서 엄마 아빠의 말은 무시하는 것 같아 그때의 얘기를 털어놓았다.

나무를 잘 타는 원숭이도 떨어지기도 한다고…….

당시에 널 무시한 것이 미안했다고…….

그리고 때론 엄마 아빠의 말도 옳은 것이 있으니 귀담아 달라고…….

딸내미는 '히…….' 하며 소리를 내며 미소 짓는다.

긍정한다는 특유의 언어다.

자식 앞이든 배우자 앞이든 잘못한 것은 잘못했다고 사과합시다. 이런 것이 진짜 용기겠죠?

그 여인의 이름은

한 여인이 있습니다. 한 남자를 만나 결혼을 했습니다. 대부분 부부처럼 자식 낳고 살았습니다. 두 번째도 딸을 낳았을 땐 울었습니다. 음식 타박을 하는 남편 때문에 다투기도 했습니다. 자식 교육 때문에 서로의 의견 충돌도 있었습니다. 고양이를 기르는 문제 가지고도 심하게 다투었습니다.

남편이 동네의 사내아이와 손을 잡고 오는 것을 먼발치에서 보고는 그것 가지고도 다투었습니다. 갈라서자는 말도 한 두어 번쯤 했나 봅니다. 그 여인의 허릿살은 가슴만큼 넓지만, 몸은 건강했습니다. 김치 한 가지만 가지고도 맛있게 식사를 했습니다.

"아이…… 왜 이렇게 밥이 맛있냐!"

늘 자식들 용돈 줄 때도 아버지가 주라고 했다며 남편을 치켜세웠습니다. 자식들이 다 큰 것은 아니지만 벌써 나가 있어서 집에는 두 부부만 삽니다. 늘 9시만 넘으면 피곤함을 참지 못하고 먼저 자려고 합니다. 그도 그럴 것이 아침에 일찍 일어나 아침 준비도 하고 본인도 일터로 가기 때문일 것입니다.

기적이 뭘까요?

모세가 이스라엘 민족을 이끌고 탈출할 때 홍해 바다가 갈라지는 정도? 대한민국이 월드컵에서 4강에 드는 정도? 그 정도는 되어야 기적이라고 할 수 있는 것 아닌가요?

그러나 그 여인은 자기를 통해서 예쁜 두 딸을 낳은 그것만으로도 기적이라고 합니다. 큰아이 서울로 대학 보내고 작은 아이 특목고에 다니는 것도 기적이라고 합니다. 결혼 후 20년쯤 되어 본인이 대학을 졸업한 것도 기적이라고 합니다.

당신 같은 남편을 만난 것도 기적이야 라는 말을 하고 싶은 것 같았지만 하지 않았습니다. 아마도 남편이 허세를 부릴까 봐서 하지 않은 것 같았습니다.

여하튼 그 여인은 크고 작은 기적을 너무나 많이 가지고 있습니다. 기적을 갖고 있든 없든, 적든 많든 무슨 대수냐구요? 기적이 많으니 즐거운 일이 많답니다. 그러니 행복한 미소를 지으며 상대방을 바라봅니다. 마주 보는 사람도 덩달아 미소가 지어집니다. 같이 행복해집니다.

모임 후에 좀 늦게 집에 들어갔습니다. 그 여인은 자고 있었습니다. 남편이 불편하다고 입지 않은 사각팬티를 입고 잡니다. 시장에 나가면 예쁜 꽃무늬 팬티도 많지만, 자식과 남편에게만 투자할 뿐 정작 자신에게는 인색합니다. 살며시 누워서 팔베개를 해 주었습니다.

그러자 그 여인은 무의식적으로 한쪽 손을 남편의 사타구니에 넣었습니다. 여행 후나 퇴근 후 집이 가장 편안하듯이, 그 여인은 남편을 편안하게 하는 사랑입니다.

편안할 안(安)! 사랑 애(愛)!

安愛!

안애!

그 여인의 이름은 안애! 아내입니다.

우애

나는 형제들이 많은 집안에서 태어났다. 식구들이 많아서 서로 다툴 것이 염려되었는지 아버지께서는 '友愛'를 가훈으로 정하시고 동생들은 형·누나의 말을 잘 따르고 형과 누나에게는 작은동생들을 잘 보살피라고 틈나는 대로 말씀하셨다.

그러나 나는 '우애'의 깊은 뜻이나 필요성을 그다지 피부로 느끼지는 못했다.

십수 년 전쯤, 큰누님의 작은아들이 대학에 입학하게 되었는데 전공 특성상 집에서도 컴퓨터가 필요하다는 얘기가 나에게까지 들려왔다.

젊은 나이에 청상이 되어 파출부 일을 하며 생활하시던 큰누님! 세 아이 키우기도 버거운 살림에 자식들의 대학 진학이나 컴퓨터 구입은 어쩌면 사치일 수도 있었다. 마누라가 제안했다.

우리가 사주자고…….

"우리가 무슨 돈으로……."

"아버님과 반반씩 부담하면 될 것 같은데……."

우리도 빠듯한 살림이었지만 아버지께 자초지종을 말씀드렸다. 퇴직금을 은행에 넣어두고 이자로 겨우 사시는 아버지께서도 풍족하지는 않았기 때문에 반신반의했다. 그러나 결과는 달랐다.

흔쾌히 승낙하셨을 뿐만 아니라 크게 기뻐하셨다. 아버지 역시 어렵게 사셨지만 돈 나갈 일로 그렇게까지 좋아하신 적은 한 번도 없었던 것 같았다. 어려운 동기간을 도우려는 마음을 우애가 있다고 생각하시고 그렇게 기뻐하시는 것 같았다.

반반씩 부담하기로 했는데 너희들이 무슨 돈이 있겠냐며 80% 가까이 아버지께서 지불하셨다. 몇 주 후 우리가 지불했던 나머지 돈도 아버지로부터 돌려받았다. 결국, 모든 돈은 아버지가 내시고 나는 빈손으로 생색만 낸 것이 되었다.

환갑이 넘으신 큰누님은 아직도 파출부 일을 하신다. 모든 설움과 수모를 견뎌내시더니 큰아들을 목사로 만들었고 컴퓨터를 받은 그때 그 작은아들은 중소기업에 잘 다니고 있다.

아마 셋째 아들을 장가 들여놓고도 건강이 허락하면 계속 그 일에 손을 놓지 않을 것 같다. 아직도 어렵게 사시는 큰누님! 그래도 건강하니 참 다행이다.

그렇습니다. 뭐니 뭐니 해도 가족끼리는 우애가 최곱니다.

딸아이와 사과껍질,
그리고 부모

딸아이가 천안에서 서울에 있는 대학까지 통학하느라 힘들었는지 입 주위에 부스럼이 생겼다. 병원에 다녀오라는 말도 무시하고 그저 집에 있던 이런저런 피부 연고를 발라보지만, 차도가 전혀 없자 병원을 다녀와서는 나에게 전화를 걸었다. 먹는 약과 함께 연고도 타왔는데 구멍이 막혀있는 것으로 잘못 샀다는 것이다.

대부분 연고는 다 막혀있다는 것을 딸아이는 대학생이 되도록 모르고 있었다.

'대학생이 그런 것도 모르냐?'고 핀잔을 주었지만, 그저 입시 공부에만 매달렸던 딸아이 탓만은 할 수가 없었다. 뚜껑 뒤쪽의 뾰족한 부분으로 누른 다음 약을 짜서 바르라고 알려주고 퇴근 후 집에 와서 또다시 핀잔을 주었다. 그로부터 며칠 동안 마누라가 늦게 퇴근하여 내가 딸아이의 저녁을 챙겨주게 되었다.

식사 후 마침 식탁 위에 사과 몇 개가 놓여 있어서 딸아이에게 사과 좀 깎아보라고 시켰다.

"나 잘 못 깎는데……."하면서도 칼을 가져와 사과를 깎으려 한다. 사과를 잡은 폼이나 칼 잡은 폼이 너무 어색하고 불안하다. 꼭 손을 베일 것만 같았다. 내가 몇 번 시범을 보여도 제대로 따라 하지 못한다.

"야! 넌 사과 하나도 제대로 못 깎냐?"

"아빠는……. 내가 언제 깎아봤어야지……."

"야! 그런 건 기본이지 기본! 꼭 해봐야 알어?"

껍질은 두껍고 짤막짤막하게 잘린다. 저러다 손 다치지. 깎인 사과는 손때로 시꺼멓다. 철부지 같은 딸내미, 이런 생각을 할 것 같다.

'이 쓸데없는 사과껍질! 없으면 안 되나? 그럼 깎지도 않을 텐데…….'

그러한 불평을 하는듯한 딸아이의 표정을 보면서 문득 이런 생각이 들었다. 아무짝에도 못 쓰는 사과껍질이 어쩜 우리의 부모와 저리도 똑같을까? 병균이나 벌레로부터 막아주고, 이파리와 함께 햇볕을 받아 새콤하고 달콤하도록 영양분을 공급해 주며, 속살이 알맞게 익었다고 새빨갛게 표시하고, 뿌리로부터 양분과 수분을 공급받다가 가지로부터 떨어진 뒤에도 오래도록 수분을 유지해 주는 사과껍질!

예전에는 껍질도 대충 닦아 속살과 함께 먹었는데 요즈음은 껍질이 더럽다고, 농약이 묻어 오염되었다고, 깎여지고 버려져 쓰레기로 전락한 사과껍질!

머지않아 딸아이는 대학을 졸업할 것이고 덥수룩한 사내 하나를 소개할 것이다. 그리고 우리처럼 아들딸 낳고 잘 살면서 그저 의무적으로 우리를 방문할 것이다. 오기 싫다는 손자, 손녀 강제로 앞세우고 일주일 내내 직장생활에 시달리다 모처럼 늦잠 자는 제 신랑 흔들어 깨워 운전시키겠지?

딸내미가 깎고 있는 두툼하고도 짤막하게 잘려 떨어지는 사과껍질처럼 우리도 그렇게 귀찮은 존재로 전락할 것이란 생각이 들어 서글퍼졌다.

다음 주 주말에는 마누라의 사과껍질인 장모님을 찾아 어리광이라도 부리며 하룻밤을 고스톱 치고 와야 하는 것이 아닐까? 밥만 달랑 먹고 숟가락 놓자마자 오지 말고…….

최고의 선생님

몇 년 전 집사람과 함께 대전에 갔다. 작은딸의 시합(시합이라고 해야 할지 시험이라고 해야 할지 잘 모르겠다)이 중복되기에 1가지가 끝나는 대로 급히 다른 장소로 옮겨주느라 간 것이다. 이미 딸아이와 급우는 담당 선생님과 함께 떠났고 나와 집사람은 6시까지 도착하면 되므로 점심을 먹고 느긋하게 출발했다.

토요일 오후, 대전행 고속도로는 밀려드는 차들이 많아 지체되자 초조해지기 시작했다. 소변까지 마려웠지만 마땅한 장소도, 시간도 없어 목적지까지 참으며 갔을 때는 6시가 넘었다. IT꿈나무경진대회 대회장, 딸아이의 담당 선생님을 보자마자 화장실부터 물은 뒤 인사도 하는 둥 마는 둥 두 내외는 급히 화장실로 향했다.

급한 불을 끄고 난 후 담당 선생님께 죄송하단 인사말로 얼버무리고 몇 마디를 나누자 딸아이가 시합을 마치고 나왔다. 다시 5시부터 시작된 제2의 장소(세계 학생 과학 토론대회 예선전)로 급히 출발했다. 이미 시간은 한참 지났지만 참가하여 시합을 치르는 것만으로도 만족해야 했다.

영어면접에 물리, 화학 등 과학심사관들의 개별질문을 모두 마치고 귀가했다. 귀가 중 차 안에서 오늘 시합이 어떠했는지 물어보자 피곤했는지 딸아이의 대답은 퉁명스럽다.

"어려웠어요."

"잘 몰라요."

그리곤 의자를 뒤로 젖히고 잠을 청했다. 그러한 행동에 내가 기분 나빠 하자 마누라는 애가 피곤하니까 그런 거라면서 오히려 나를 핀잔준다. 다시 차 안은 고요하고 적막이 흐른다.

'내가 기사야? 애비야? 뭐야? 고생 고생해서 운전해 줬더니…….'

집에 도착해서도 분위기는 여전히 냉랭하다. 참고 참다 마누라를 윽박지르듯 불러 앉히고 따지듯 물었다.

"당신!, 당신이 알고 있는 애들 선생님 아는 대로 다 대봐!"

"이이가 갑자기 선생님은 왜?"

"X랄 말고 얼른!"

"오늘 컴퓨터 선생님 ○○○, 담임선생님 ○○○, 그리고 ○○○, ○○○, ○○○……."

"또?"

"큰애 담임선생님, 성함이 뭐더라? …… 아! ○○○."

"그리고 더 없어?"

"……더 없는 것 같은데?"

"자네, 아까 컴퓨터 선생 대할 때 온갖 상냥하고 친절하게 대했지! 애 또한 깍듯이 대했구!"

'이이가 의처증이 생겼나?'

"그리고, 토론대회 예선전 때 조교를 대할 때도 친절하고 부드럽게 대하더니, 그래 애나 에미나 애의 최고의 선생을 푸대접해?"

"내가 언제 선생님을 푸대접했어?"

"자네! 애의 최고 선생이 누구야? 대봐!"

"……."

"애의 최고의 선생은 부모인 자네와 나야! 자네나 애가 친절하게 다른 선생님을 대하듯 나도 친절한 대우를 받을 권리가 있다구!"

기관총 속사포처럼 쏘아붙이자 분함이 조금은 풀렸다.

"……."

시간이 한참 흐른 후 이부자리를 편 마누라는 거울 앞에 앉아 마지막 정리를 하고 있었다. 나는 아까 소리친 것에 대한 미안한 마음이 들어 살며시 다가가 뒤에서 살짝 껴안았다. 그러자 마누라는 내 손을 세차게 후려치는 것이 아닌가?

"이 여편네가?"

"최고 선생으로 대하라매! 그래 외간 남자가 내 XX를 만지는데 가만 있으란 말이여?"

". . . . ."

당신의 이름은……

당신은 아름답지만, 청계천이나 세느강보다 더 멋지지는 않습니다.
당신은 장미나 백합보다 화려하진 않지만,
이슬을 머금은 청초한 초롱꽃같이 아름답습니다.

당신의 품으로 놀러 오는 것은 맛있는 우럭이나,
힘깨나 쓰는 장어가 아니라 송사리나 피라미 정도이며,
가끔 미꾸라지가 흙탕물을 일으키며 다가오기도 합니다.

당신은 어느 동네에나 있음직한 작은 실개울입니다.
그게 당신의 모습입니다
그러나 세파에 찌들어 거칠어지고 긁히고 탁해진,
나 탁수(濁水)는 그저 당신과 어울렸을 뿐인데,
거칠어진 것은 부드러워지고,
긁힌 것은 아물어가며,
탁해진 것은 다소나마 맑게 정화되었습니다.

그래서 당신이 좋았나 봅니다.
진정 당신은 소박하지만 아름답습니다.

당신의 이름은 眞이입니다.
오늘도 나 탁수(濁水)는 삶의 전쟁터로 나서지만,
회복된 상태로 재무장되어 내딛는 발걸음은 가볍습니다.

모든 배우자의 모습이 이럴 겁니다.

에이 C……

"에이, C……."

나도 모르게 무의식적으로 튀어나왔다. 옆에 있던 마누라가 깜짝 놀란다.

"왜? 왜 욕해?"

"에이, 짜증 나서……."

왼쪽 새끼손가락과 약지손가락의 두 번째 마디가 욱신거렸기 때문이다. 오른쪽 새끼손가락도 살살 아프기 시작했다. 이곳저곳 약 올리듯 기분 나쁘게 아픈 곳이 늘어서 나도 모르게 욕이 튀어나온 거다. 왼쪽 발바닥의 지간 신경종은 잊을 만하면 통증이 기어 올라오고 오른쪽 발등의 화끈거림, 어깨 통증, 요로 결석 등으로 인한 통증, 손끝 저림 등등, 병원 가도 뻔하기에 그냥 짜증이 나는 거다.

"에이, C……."

"왜 욕해?"

"손가락이 아프니까 짜증 나서……."

"그래도 욕하지 마……."

"그럼 어떻게 해……."

"손가락아 아프지? 그동안 혹사만 시켜서 미안하다, 살살 주물러 줄게, 아프지 마라…… 아프지 마라……. 그렇게 해봐……."

"으이그, 도인 나셨네……."

파스를 오려서 붙이고 시간이 나는 대로 주물러 주었다.

"혹사시켜 미안하다. 살살 주물러 줄게 아프지 마라……. 아프지 마라……."

효과가 있는지 없는지 모르겠지만 언제부턴지 아프던 손가락이 지금은 많이 호전되었다.

손가락아! 아프지? 살살 주물러 줄게 아프지 마라…….

1분 스피치

결혼한 큰딸의 시댁에서 가족끼리 또는 친지끼리 만나 회식을 할 때 돌아가면서 한마디씩 하는데 그 분위기가 너무 좋다고 한다. 수년 전에 들었는데 언제부턴지 나도 이런저런 모임 때 한번 시도해 봐야겠다고 생각했었다.

처음으로 추석 전 벌초 후에 시도했는데 대부분 벌초하느라 수고했느니 날 뜨거운데 고생했다느니 하는 별 의미 없는 덕담만 오갔다. 다음부턴 그런 얘기는 하지 말고 살아가면서 느낀 것, 좋았던 일, 괴로웠던 일 등에 관해 얘기하도록 유도하리라.

송년 부부 모임 때 시도를 했다. 대부분 처음에는 나의 이러한 시도에 거부감을 나타냈다. 그래서 나부터 시작했다. 백두대간 종주를 집사람과 함께 완주했노라고~~~ 총 3년 6개월 정도 걸렸고, 한 달에 1번 정도 1박 2일로 다녀왔다고 했을 때 박수가 나왔다.

어떤 이는 그동안 너무 바빠 여행 한번 못 갔다고 내년에는 좀 여유로우니 집사람과 함께 여행하려고 여러 친구 앞에 맹세(?)하니 그 친구의 부인은 이런 얘기는 여기서 처음 듣는다고 울먹였다.

다른 모임에서 어떤 이는 자기 집사람이 퇴근 후 쇠주 한잔하기를 좋아한다고 하기에 내심 속으로 '아! 외로움을 타는구나…….'라고 생각했더니 옆에 있던 다른 사람도 "그거 외로워서 그런 거야……. 각시한테 잘해줘"라고 말했다.

딸 둘에 아들을 둔 어떤 이는 요즈음 막내아들의 자는 모습을 물끄러미 바라보다가 울꺽 눈물을 쏟았노라고 말했다(큰딸과 작은딸은 시집보냄).

이혼한 마누라의 사랑도 못 받고 자란 아들이 너무 측은해서 그런 것 같단다…….

또 어떤 이는 천장을 바라보다가 울먹이느라 말을 잇지 못했다. 양친부모와 본인이 당뇨 때문에 병원에 다니느라 고생한다는 얘기를 들은 터라 더 이상 물어보지 않았다.

아마 그런 문제로 마음이 많이 아픈 것 같았다. 이런저런 얘기를 마친 후 한 사람이 나에게 악수를 청했다. 속마음을 털어놓아 좋았다고…….

칭찬을 받은 것 같아 기분이 좋았다.

1분 스피치라고 이름을 짓고 다음 모임에서도 해봐야지…….

아직도 욕심과
전쟁 중

달콤한 꿀

달콤한 꿀

여기 아주 달콤한
꿀이 들어있는
꿀 항아리 하나 있다

손가락으로 살짝
찍어서 입에 대었더니
사르르 녹는
아주 달콤한 꿀

내 옆에 놓고
두고두고 먹고 싶다

하루 종일 찍어 먹었더니
배 속이 이상하다

머리도 멍멍하다
며칠 동안 배는 고픈데

식욕은 없다

이렇게 맛있는 꿀이

독이

될 줄이야

아직도 욕심과 전쟁 중

아직도 욕심과 전쟁 중

살다 보니
큰소리치고
열 내고
아파하고
그리워하고

좌절하고
기대에 못 미쳐
아쉬워한 나날들이
너무나
많았다는 것을
알게 되다

그 모든 것은
입구가 작은 병 속에
집어넣은
나의

손
때문이란 걸
깨닫다

한 움큼
꽉 쥔 주먹
펴면 편안할 텐데

애초부터
조금만 잡고
쥐었으면
빼기 쉬웠을 텐데

생각은 쉬운데
실행하기가 너무
어렵다

펴보려고
지금
노력 중

"끼끼끼"

꽉 쥔 주먹

지금 펴면
온갖 귀한 것
다 달아나겠지?

아이고, 아이고
이러지도
저러지도
못하겠네

문득
이런 생각이 든다
지금 꽉 쥔 주먹 안엔
애초부터
아무것도 없는
빈 주먹이었다는 걸

나중에
활짝 편 손에
아무것도
없었다는 걸
알게 되면
얼마나
허망할까?

잡초

크지도 작지도 않은
뜰앞
한편 짝에
잔디를 심었다

가져온 잔디가
많지 않아
드문드문
심었다

잔디가
잘 자라도록
잡초는 생기는 대로
즉시
뽑아내었다

한 해
두 해
해가 거듭될수록

잔디는 넓게
퍼져나갔다

새파란 잔디
보기엔 좋았지만
한두 번
소홀히 했더니
잡초가
많아졌다

혼자 솎아내기엔
너무
힘겹다

큰딸은
어렵게 수고하지
말고
그냥 두란다
되는대로
내버려 두란다

솎다가
말다가
잡초 반

잔디 반

지난주에
사놓은
제초제

이젠
뿌려야지

잡초도 잔디도
모두 사라지겠지

마누라

한 번 더
솎아내
보잔다

이젠
잔디보다
잡초가 더 많아
보기에 흉하다

애써서

키웠는데……

그래
한 번 더
수고해보자

돌아오는
휴일에
애들과
마누라를
데리고

약간의
저항은
감수해야겠지……

어불성설(語不成說)

이 세상엔 무수한 언어들이 사용된다. 그러나 그중에서 어떤 것은 말도 안 되는 것이 있다.

'당신은 다시 태어나도 지금의 배우자를 다시 선택하시겠습니까?'라는 말이다. 아니 이게 왜 말이 안 되지? 다들 이런 말을 하지 않나?

웃기는 얘기! 천부당만부당하단 말이다. 말도 안 되는 어불성설이란 말이다. 너무나 이기적인 언어이기에 퇴출해야 한다는 말이다.

이 세상은 어쩔 수 없이 주관적으로 세상을 보지만 자신만의 시각으로 배우자를 바라보고 "O"다, "X"다 라고 판단하는 너무 건방진 언어라는 말이다. 물론 이러한 생각은 순전히 내 개인적인 생각이다. 적어도 부부지간이라면 그 질문은 이렇게 바뀌어야 한다.

"당신은 지금의 배우자가 다시 태어나도 당신을 선택하시리라 생각하십니까?"로, 소름이 돋는 말이다. 상대방의 입장에서 자기를 돌아보니 머리가 쭈뼛 서는 말이다. 답이 너무나 자명하다.

천만의 말씀!

만만의 콩떡!

내가 너하고 다시?

웹 퉤 퉤!

더러 배우자의 답이 이와 비슷하리라. 그러니 오늘부터라도 이 말을 이해했다면 나라를 구하는 일도 중요하고 사회에 공헌하느라 부지런히 움직이는 것도 중요하겠지만 옆에 있는 단 한 사람! 그 사람을 만족시키는 일에 최선을 다해야 할 것이다.

이 세상에 태어나서 단 한 사람도 만족시키지 못한다는 것은 창피한 일이 아닐까?

오늘 집으로 가는 길에 붕어빵 한 봉지부터 사 들고 들어가 보자.

번뇌

수많은 원숭이가 커다란 거목에서 이리 뛰고 저리 뛰며 재미있게 놀고 있습니다. 이러한 광경이 평화롭고 아름답게 보일지도 모르겠지만 실제로 수많은 원숭이가 나무에서 뛰어놀고 있을 땐 엄청나게 시끄럽고 혼란스럽다고 합니다.

번뇌란 그 수많은 원숭이가 우리들의 머릿속에 들어와 이리저리 날뛰고 꽥꽥거리면서 뛰어노는 것과 같다네요. 서산의 부석사로 템플스테이를 갔을 때 주지 스님께서 하신 말씀입니다. 지금까지 내 머릿속에서도 수많은 원숭이가 소리 지르며 날뛰고 있었나 봅니다.

그래서 그런지 자주 화도 내고, 짜증도 내고, 무엇인가를 해야 하는데 손에 잡히지 않을 때가 많았습니다. 아직은 그 원숭이들을 없애거나 잠재우는 법은 잘 모르지만 화나고, 짜증 나고, 수많은 욕심이 채워지지 않아 아쉬워할 때,

"아! 원숭이들이 내 머릿속에서 지금 날뛰고 있구나!"하는 정도는 깨닫습니다.

누군가가 그러더군요. 속리산(俗離山)은 속세를 떠나 들어간 산이라고요. 그러니 스님산? 부처산? 이참에 속리산으로 놀러 가면 최소한 몇 마리의 원숭이들을 떼어내 버리고 와야겠습니다.

그러면 그 원숭이들은 다시는 내게 돌아오지 않겠죠?

그런데 그놈들이 쉽게 나오려고 할는지 모르겠네요.

삶의 현장에서

면접

천안에 살면서 서울 강남역 부근의 특허사무소에 원서를 넣었다. 직종은 도면사다. 그쪽 경력 및 경험은 전무해도 6면도 도면은 어느 정도 자신이 있었다.

최종적으로 2명이 면접을 보게 되었다. 상대는 직전까지 특허사무소에 근무한 경력자이다.

도면테스트와 면접으로 겨루는데 도면테스트에서 나의 도면 완성도가 그 사람보다도 좀 떨어졌다고 생각했다. 도면을 제출하고 나가는데 시험을 주관한 담당자가 소장님께 보고하는 소리를 들었다.

"경력자가 도면을 더 잘 그렸는데 이 사람도 이 정도면 괜찮습니다."

"아싸……."

면접도 따로 본 것이 아니라 같이 보았는데 사는 곳이 천안이라 이곳 강남까지 너무 멀어서 잦은 지각, 결석이 우려된다고 하기에 나는 초등학교 때부터 전문대학까지 그리고 회사 생활에서도 단 한 번도 지각, 결석은 물론 조퇴도 안 했다고 당당하게 말했다.

사실 중학교 방학 때 딱 한 번 결석한 것이 있어서 개근상은 받지 못했지만, 표정 하나 변하지 않고 거짓말을 했다. 그런데 경력자가 결정적인 실수를 했다. 직전 사무소에서의 퇴사 이유를 직원과 다툰 뒤 나왔다고 한 것이다.

'으잉? 이 면접은 내가 이겼다!'

에둘러 표현할 말이 아주 많았을 텐데……. 내가 그 경력자를 다 걱정해 주었다. 내가 채용되었다. 그러나 그로부터 1년 이내에 4번 정도 지각을 했다. 눈이 많이 오지도 않은 그런 날에 오히려 고속도로가 밀려서…….

어쨌거나 10여 명가량의 직원 중에 제일 먼 천안에서 출근하면서 사무실의 문을 따고 들어온 날이 내가 가장 많았으리라.

선배님!

서울의 특허사무소에 채용되고 몇 주 동안 동료들이 나를 대하는 게 불편한 눈치다. 나이도 대부분 그들보다 많고 이쪽 경력이 초보이니 아무 직급이 없어서 나를 부르기가 곤란해서이다. 그렇다고 '이 씨!'하고 부를 수도 없었으리라.

그러다 어느 날부터는 나를 '선배님!'이라고 불렀다. 자기들끼리 의논하여 가장 적당하다고 생각한 호칭이었나 보다. 나도 싫지는 않았다. 어느 날 전체 회의에서 소장님께서 직원들을 칭찬했다. 직원들끼리 잘 화합해서 나를 선배님이라고 불렀다는 이유였다.

"선배님, 이 도면 좀 준비해 주세요."

"선배님, 화분 좀 같이 들어요."

그리고 얼마 후 나에게 직급이 내려왔다. 이 대리, 도면부 이 대리. 직급이 생겨도 오래도록 선배님이라고 부르는 직원들도 있었다.

나는 그 호칭이 더 정감이 갔다.

작은 친절 큰 은혜

특허사무소 소장님의 이야기이다. 강남지역의 어떤 클럽(로터리클럽인지 라이온스클럽인지 잘 모르겠음)의 신입회원 조찬모임에 처음 참석하던 날, 명함 없이도 알만한 인사들이 즐비했다고 한다. 우리 소장님은 당시 연세가 많은데도 불구하고 그만 긴장이 되어 테이블 위에 놓인 수저를 떨어뜨렸단다. 그것을 본 옆 사람이 수저를 주워서 자기 자리에 놓고 원래 자기의 수저는 신입회원인 소장님의 자리에 올려놓더란다.

그리고는 "헤이, 웨이터! ……."

'……'

수저는 교체되었다.

"뿅……."

그의 작은 친절에 뿅…… 가서 그의 팬이 되어버렸단다. 훗날 옆자리의 그 J씨가 강남의 모 지역에서 국회의원으로 출마했을 때 소장님이 선호하는 당도, 당신의 선거구도 아닌데 그를 위해 적극적인 선거운동을 해 주었다고 한다. 그러나 최선을 다해 도왔지만 아깝게 낙선했단다.

하지만 마음속 깊은 곳으로부터 우러나와 선거운동을 도와준 든든한 후원자를 두었으니 그렇게 서운하지는 않았으리라.

남부럽지 않을 부와 명예를 가진 이도 아무것도 아닌 아주 작은 일이라고 무시할 수도 있는 일에 감동하다니 새삼스러울 따름이다.

나름대로 성공한 이의 긴 한숨

자타가 공인하는 성공한 사람이 있습니다. 전문적인 자격증도 있고 개업한 지 수십 년에 십수 명의 직원도 있습니다. 상처를 한 뒤 새로 얻은 부인은 젊습니다. 미모도 있고 같은 사무실에서 일도 도우며 부드럽기까지 합니다. 전처소생은 아들 하나에 딸 둘인데 새엄마와의 사이는 그저 그런 모양입니다.

아들은 동구권의 어떤 나라와 무역을 하는 모양인데 반신반의하던 곳이 잘되기도 하고 철석같이 믿었던 곳에서는 펑크를 내기도 하나 봅니다. 아들은 애를 둘씩이나 낳고도 부인과 사이가 안 좋은지 이혼하더니 곧 재혼했습니다.

호텔에서 조촐하게 식을 올렸는데 손님이 많지 않다고 우리 사무실 직원도 참석했었습니다. 식을 올리면서 식사를 하는 곳인데 꽤 괜찮더라고요. 식이 끝나자 거기에 나온 냅킨이 너무 이뻐서 갖고 나왔더니 동료들이 멸시 섞인 눈길을 보내 너무 창피했습니다. 내가 왜 거기서 촌티를 냈는지 모르겠네요.

세 자식 중 둘은 결혼을 했고 하나는 독신주의자라 아직도 미혼인 모양입니다. 자타가 공인하는 성공한 사람은 내가 다녔던 사무실의 댓방 소장님입니다. 그 소장님이 어느 날은 한숨을 길게 쉬셨습니다. 그리고 혼잣말을 하셨습니다.

"휴……. 세상 사는 재미가 없어……."

『……』

결재하러 들어갔다가 그 소리를 들었습니다. 늘 작은 꼬투리를 잡고 지적하면 나도 질세라 인상을 쓰며 반박하곤 했는데 그날은 지적하는 대로 예! 예! 하며 결재를 맡았습니다. 내 얼굴을 한번 흘끔 쳐다보더군요.

'이놈이 오늘따라 이상하네…….'

그때의 소장님과 지금의 나를 비교를 해봤습니다. 아무리 비교해 봐도 내가 소장님보다 나은 게 한 가지도 없었습니다. 강남에 살며 미모의 젊은 부인에 잿밥 떠줄 장성한 아들, 그리고 딸 둘, 사회적 명성, 적절한 부, 그러나 그런 것이 소장님을 행복하게 하지는 않은 모양입니다. 한숨까지 내쉬는 걸 보니…….

다른 이들은 인정하지 않겠지만 소장님이 나보다 더 행복하다고 생각되지 않는 것은 무슨 이유 때문일까요. 그 사무실을 떠난 지 벌써 7년이 지났습니다. 지금 그 소장님은 거동이 불편하답니다. 한번 찾아가 뵙고 인사드려야 될 텐데, 쉽지가 않네요.

지난주 일요일에 아내와 함께 병문안을 다녀왔습니다. 나뿐만 아니라 다른 사람들도 알아보지 못할 정도로 병환이 심했습니다. 근무할 당시 맛있는 걸 너무 많이 얻어먹어서 퇴사 후에는 내가 한번 모시고 소장님 좋아하시는 맛있는 것 사드리려고 했었는데 결국 실천을 못 하게 됐네요.

'소장님 힘내세요, 꼭 건강이 회복되시길 빕니다…….'

님이시여
나를 시험에 들게 하지 마소서

어느 날 나의 부서원 S 대리가 9시가 훨씬 지난 뒤에 출근했다. 아직도 눈은 빨갛고 몸에서는 역한 술 냄새가 풍겼다. 검은 비닐봉지에서 사발면 하나를 꺼내면서 나보고 먹어 보란다. 남의 아침 식사인 줄 아는데 내 어찌 그걸 먹을 수가?

손사래를 치자 S 대리는 멋쩍은 웃음을 지으며 정수기에 가서 뜨거운 물을 부은 후 밖으로 가지고 나갔다. 어디 복도 끝이나 옥상으로 올라가서 먹고 오겠지? 들어오면서 긴 한숨을 내쉰다.

"휴……."

"웬 한숨이야? 땅 꺼지겠네……."

잠시 주저하더니, "저 선배님"(내가 직급이 없었을 때 나이 많던 나를 젊은 사원들이 부르던 소리인데 아직 입에 배서 계속 선배라고 부르고 있었다)

"나 어제 삐끼한테 걸려서……. 아무튼 나 바가지 쓰고 나왔어요……. 아이고 요 아가리……."하면서, 술을 너무 좋아하여 실수했다고 자기 입을 손바닥으로 때린다. 어제 회식을 끝내고 전철을 타러 나오는데 어떤 삐끼가 따라붙더니 쭉쭉빵빵한 미녀들이 많은 술집에서 한잔 더하라고 조르더란다.

3~4년 전에도 한 번 따라갔다가 호되게 바가지를 쓴 경험이 있던 터라 대꾸도 하지 않고 계속해서 전철역으로 향하는데 정말 아가씨들이 예쁘고 술값이 싸다며 꼬시는 바람에 그만 옛날의 그 일을 다 잊고 따라갔단다.

결혼한 지도 1~2년밖에 안 된 S 대리! 혼자서 술 마시는데 아가씨들 3~4명이 들락날락하며 아양을 떠는 통에 주거니 받거니 하다가 그만 평소의 버릇대로 테이블에 코를 박고 잠들어 버렸단다.

늦게나마 깨어보니 수많은 양주병이 나란히 세워져 있었고, 안주 접시 또한 차곡차곡 쌓여 있었으며 언제 계산했는지 신용카드 전표가 한 손에 들려있었다 한다.

"휴……. 잘 기억도 안 나요……. 다만 내가 그렇게까지 많이 먹지는 않은 것 같은데……. 아무래도 속은 것 같아……. 어떻게 하나? 휴, 마누라가 이 사실을 알면? 아이고, 큰일 났네……."

결혼한 지 얼마 안 되어 젖먹이 딸만 있는 신혼이나 마찬가지인데 잘못 걸려들었으니……. 안쓰러운 마음에 나도 모르게 한 소리했다.

"당장 카드 정지시켜!"

"예? 아…… 그 방법이 있었네……."

무슨 커다란 조언이라도 들은 듯 반색을 하며 카드 뒷면을 보더니 전화를 했다. 그로부터 2시간 후쯤 여기저기서 S 대리를 찾는 전화가 걸려 왔다. 매우 난처해하면서 전화를 받는 중에 다른 전화에서도 S 대리를 찾는다. 연신 경리 아가씨가 S 대리를 바꿔준다. 소장님이 보셨다면 S 대리가 업무를 아주 잘하는 줄 아셨으리라. 온갖 죽을상을 하면서 전화를 받던 S 대리! 나를 살며시 밖으로 부른다.

"저…… 선배님! 그놈들이 2시까지 사무실 옆 커피숍에서 기다린다고 나오라네요?"

그리고 한참을 뜸 들인 뒤에 "저…… 선배님, 같이 가 주실래요?"

'뭐 뭐 뭐? 왜? 날?'

가고 싶진 않았지만, 겉으로는 표현하지 않고 "그래? 그러지 뭐……." 대답은 그렇게 했지만, 걱정이 앞선다. 그 삐끼들은 분명히 조폭 영화에 나오는 놈들처럼 깍두기 머리에 검은 양복을 입었을 것이고, 웃통을 벗으면 온몸에 새파란 용 문신이, 한쪽 눈 주위엔 칼자국이 있으리라……. 아마 걷어붙인 팔뚝에 하트모양이나 빨간 장미 문신이 노출되어 있을 테고 더러는 맞춤법 틀린 '차카게살자'란 문신도 했으리라.

그런 걸 생각하니 앞이 캄캄해지기 시작했다. '소장님 오늘 급히 심부름시키실 일이 없나요? 아니면 마감 서류를 들고 청에 들어갈 일은? 있다면 제가 가죠……. 아니? 오늘따라 업체에선 왜 출장을 와달라는 전화 한 통 없지? 무슨 핑계라도 대고 당장 이 자리를 뜨고 싶다! 아! 이 세상에 아무도 날 도와주는 이 없구나!'

'님이시여……. 왜 나에게 이런 시련을 주시나이까!'

밖으로 나가서 점심을 먹고 왔다. 맛있게 먹어야 했으나 모래를 씹는 것 같았다.

커피숍이 있는 길로 돌아오는데 거기가 지옥 같았다. 2시가 가까워지자 초조해지면서 일이 손에 잡히지 않았다. S 대리가 이제 나가자고 나에게 말한다. 나는 그의 얼굴을 빤히 쳐다봤다. '나 안 가면 안 돼?' 하는 얼굴로…….

괜히 말 한마디 잘못 거들었다가 내가 걸려드는구나. 커피숍에 들어서자 누군가가 우리를 알아보고 구석 한쪽에서 손을 흔든다. 그러나 생각보다 그의 덩치가 크지 않았다. 긴소매를 걷은 남방 차림으로 보통 사람들과 똑같았다.

다짜고짜, "S씨! 아니 술을 먹어놓고 카드를 정지시키면 어떻게 해? 황당했잖아……." 또 다른 출입구에선 누군가가 담배를 뻑뻑 피우고 있었는데 말하지 않아도 그의 일행이란 걸 알 수 있었다. 이런저런 대화가 오갔다.

그의 말투는 다소 거칠었지만, 그도 우리처럼 조금은 긴장하고 있었고 강하다는 인상을 주기 위해 말과 행동을 약간은 오버하고 있다는 느낌을 받았다. 그때쯤 내가 끼어들었다.

"S 대리가 한 번도 아니고 두 번씩이나 바가지를 썼다기에 내가 카드 정지를 시키라고 했습니다……."

"아니, 술을 먹었으면 술값을 내야 하는 것 아닙니까?"

"뭐 술을 먹었으면 술값을 내는 것이 마땅하지만 너무한 것 아닙니까? 아가씨 여럿에 S 대리 혼자 그 많은 맥주와 양주를 다 마셨다는 겁니까?"

"그럼 우리가 사기 친 거란 겁니까? 그래서 우리가 계산이 끝날 때까지 병 하나 안주 하나 치우지 않고 그대로 놔두었는데 그거 우리가 갖다 놨다는 겁니까? 이 사람들이 우릴 뭐로 봐?"

다소 험하게 하면서 언성을 높였다.

"아무튼, S 대리 혼자 있는데 아가씨를 여러 명씩이나 붙여놓고 이 사람 저 사람 들락날락하며 이 술, 저 술 자기들끼리 마신 거니 한 반쯤 깎아 줘요……."

"뭐 우린 땅 파서 장사하는 줄 아슈?"

그렇게 한참을 실랑이하다 밖에서 줄담배를 피우는 또 다른 일행과 상의를 한 뒤 좀 깎아 줄 테니 카드를 당장 풀어달란다. 우여곡절 끝에 한 20~30만 원쯤 깎은 것 같다. S 대리는 그런대로 만족해하는 눈치다. 돌아오는 길에 나는 가슴을 쓸어내렸다. '내가 앞으로 남의 일 참견하나 봐라. 휴……. 십 년 감수했네.'

그 후 S 대리는 이백만 원도 넘는 카드 대금을 갚기 위해 남의 사무실의 일도 몰래 알바하고, 점심값도 아끼느라 도시락을 싸 왔는데 다 갚느라 한 1년쯤은 고생한 듯했다.

휴……. 다시는 이런 시험에 들고 싶지 않다. 그러나 저러나 이 세상에 조폭보다 삐끼보다 더 무서운 건 마누라인가 보다.

손톱깎이 하나 때문에

모두 퇴근하여 텅 빈 공장
퇴근 차 공장 한 바퀴를 둘러보는데 출하 대기실 창고의
불이 환하게 켜져 있었다.
살짝 들여다보니 아무도 없고 조용하다.

불을 끄고 나오는데 발에 채여 바닥에 나뒹구는 금속편 하나
핸드폰의 폴더를 열어 그 불빛으로 살펴보니 손톱깎이 N-602!
그것을 집어 들고 근처의 종이 박스에 앉았다.
우리 회사에서 만드는 손톱깎이 중의 하나 N-602!

어쨌거나 이 손톱깎이로
젊은 시절 100만 불 수출이라는
거대한 탑을 쌓아 기뻤다.

손톱깎이 하나 때문에
세 아이 대학 다 보내고
두둑하지는 않지만 나름대로 주머니가 채워져
직원 간에, 가족 간에 즐거움을 나눌 수가 있었다.

이 손톱깎이 하나가 나를, 아니 우리를
즐겁게도, 화나게도, 기쁘게도, 슬프게도 했다고 생각하니
평소에 느껴보지 못한 전율이 온몸을 싸늘하게 감싸 안았다.

이 손톱깎이 하나가 나의 삶이었고,
이 손톱깎이 하나가 나의 주군이었으며,
이 손톱깎이 하나가 나에게는 신이었다.

2~3개의 빈 박스를 펼쳐 바닥에 깔고 맨 앞에 손톱깎이를 놓았다.
손톱깎이를 향해 절을 올려보리라.
둔탁한 안전화를 벗고 펼쳐놓은 박스에 오르자 발 냄새가
역하게 풍겨 나온다.
무릎을 꿇고 합장했던 두 손을 앞으로 내밀려고 하는데,

"거기 누구요?"
후레쉬를 비추며 다가오는 경비아저씨!
"아니 김 반장님! 어두운 데서 뭘 하고 계십니까?"
"아! 예, 아무것도 아닙니다."
"정년퇴직하신 지 일주일도 더 되신 것 같은데 계속 나오시네요."

"오늘로 마지막입니다. 종종 찾아오겠습니다. 그럼……."

30여 년 동안 손톱깎이 하나만을 사랑한 정년퇴직자의 심정이 되어 써봤습니다.

추적! 범인을 찾아라

두세 해마다 회사에서는 제품의 판매를 위한 카다록을 찍는다. 어느 날 카다록이 완성되어 내 손에도 입수되었다. 대충 훑어보다가 깜짝 놀랐다. 중국제 모조품이 버젓이 우리 카다록에 섞여서 실려 있었기 때문이었다. 우리 회사 사람이라도 잘 모를 수 있으나 조금만 관심이 있는 직원이라면 알 수 있는 그런 제품이었다.

'우째 이런 일이…….'

알려야 하나 말아야 하나? 이미 카다록은 모두 제작되어 배포가 막 시작된 것 같아 가까운 동료에게 얘기했더니,

"무슨 소리! 당연히 알려야지!"

당장 배포를 중지시키고 새로 찍어야 한다는 것이었다. 카다록 제작 업체에서는 잘못이 없을 텐데 손해는 누가 봐야 하나? 그리고 담당자의 문책은 어이할꼬? 사장님은 대노하셨고 잘못된 곳이 어딘지 추적이 시작되었다.

최종 담당자를 문책하자 공장에서 올려준 샘플 그대로 카다록 제작 업체에 갖다준 것이기에 아무 잘못이 없다고 발뺌한다. 공장에서 올려준 것이라구? 모든 샘플을 검사하고 이상이 없다고 판단될 때 올려보내는 담당이 나인데 나는 어이가 없었다. 내가 중국 모조품을 카다록

에 실으라고 올려보냈다니 말이 안 된다.

그러나 카다록을 제작하기 몇 주 전에 이런 일은 있었다. 제품을 판매하는 판매 부서는 서울에 있고 내가 있는 천안에서는 주로 생산을 담당한다. 카다록 제작 최종 담당자는 서울에 있는 판매 부서에서 근무한다.

카다록 제작 훨씬 전 해외 판매 부서에서 중국 출장길에 당사 제품의 모조품을 발견하고 법적인 제재를 가하기 위해 몇 가지를 구입하여 나에게 보내면서 제품의 유사 여부에 대한 검토를 요청한 적이 있었다.

요청에 따라 모조품과 우리 회사 제품의 차이를 검토하여 팩스로 보내고 모조품은 보관하고 있었다. 평소처럼 이런저런 샘플을 검사하여 올려보내는 일을 계속하던 중 전에 검토했던 중국 모조품도 올려보내달라는 연락이 와서 택배를 통하여 판매부로 올려보냈다.

접수한 사람은 그 제품이 어떤 제품인지도 모른 상태에서 다른 샘플들과 같이 놓았을 테고 카다록 제작 담당자는 제품을 자세히 살펴보지도 않은 채 그대로 카다록 제작 사진관에 갖다준 것일 것이다.

사진관에서야 가져다준 그대로 찍었을 것이다. 카다록에 모조품이 실린 것을 발견했을 때 나는 전혀 무관한 제삼자인 줄 알았는데 나도 책임을 져야 할 사람 중의 한 사람일 수도 있다는 생각이 들었다.

우여곡절 끝에 태풍은 나를 비껴갔다. 카다록은 다시 제작되었고 누가 문책을 당했는지, 기백만 원 상당의 카다록 추가 제작비용은 어떻게 처리되었는지는 나도 찔리는 구석이 있어 차마 담당자에게 물어보지 못했다.

이사님 그리고 안줏감

주간 회의 석상에서 이사님으로부터 꾸지람을 들었다. 철판 담당자가 나로 바뀐 후로 철판을 제때 확보하지 못해 생산에 차질이 생겼다는 것이다. 당시 세계적으로 철판이 부족하고 고철값이 천정부지로 치솟아 우리 회사가 원하는 수량의 반도 공급받지 못할 때였다.

전임자가 영업부로 옮기는 바람에 그가 맡은 여러 일 중 철판 자재 주문 업무를 내가 맡게 되었고 그 과정 중 일부 품목에서 펑크가 났다. 전임자 때부터 공급받지 못한 것이 누적되어 펑크가 났다고 변명하고 싶었지만, 앞으로도 계속해서 공급이 어려울 것 같아 변명하지 않았다.

고스란히 능력이 없는 자로 찍히고 말았다. 그날 퇴근 무렵 몇몇 동료들이 입이 짬짬하다며 소주나 한잔하잔다. 그날 안줏감은 자연스럽게 이사님으로 선택되었다. 지난날 기백 명이 넘는 직원이 오늘날 두 자릿수 중간쯤에 걸렸는데도 전혀 대비도 안 되었고, 생산직 사원들의 보너스를 통보도 없이 반 이하로 줄여 지급했다는 등등 불만들을 토로했다.

예전에는 야유회도 가고 체육대회도 열더니 언제부턴지 수건 쪼가리 한 장도 돌리지 않는다고 오징어를 씹듯 씹어댔다. 오늘 꾸지람을 들은

나를 위로하려는 의도임을 나는 눈치를 챘다. 한참을 그렇게 떠들었는데도 내가 아무 소리를 안 하자 몇몇이,

'다음은 당신 차렌데 왜 암 말 없수?' 하는 눈으로 나를 쳐다보기에 내가 입을 열었다.

"나도 여기 있는 분들의 얘기에 동감합니다. 그러나, 이사님에 대한 나의 판단은 유보하겠습니다."

잘했으면 잘했다고, 못했으면 못했다고 하면 그만이지 판단을 유보한다니 그게 도대체 무슨 말이야 하고 의아해한다.

"나는 지금까지 한 사람도 고용해 본 적이 없습니다. 그러니 내 어찌 수십 명에서 수백 명까지 거느렸던 이사님에 대해 이렇다 저렇다 할 자격이 있겠습니까? 내가 한 사람이라도 고용해 본 후에 이사님을 판단하려고 합니다. 그때까지 판단을 유보하겠단 말입니다."

기분 풀어주려고 마련된 술자리에 내가 너무 찬물을 끼얹었나? 그나저나 큰일이다. 2~3개월 사이에 과거에 과잉 주문했던 철판이 모두 입고되어 재고가 3~4개월 치가 쌓였으니…….

다음 회의 땐 비싼 달러 지불하고 과잉재고 쌓았다고 쫑코 먹는 것은 아니겠지?

부끄럽습니다

너무나 부끄러워 얼굴이 빨갛게 달아올랐습니다.
다음 달 무역의 날에 국무총리 표창을 수상한다는
소식을 접하니 기쁨보다 부끄러움이 앞섰습니다.
무역의 날에 표창을 받는다는 것은 산업현장에선
그저 돌려가며 받는 상으로 알고 있습니다.

몇 주 전 표창 추천을 했지만 큰 기대를 하지 말라는
상사의 말을 듣기는 했지만, 막상 국무총리 표창을 받다니…….
수출에 크게 이바지한 일도
회사 발전을 위해 별로 내세울 일이 없기에
더욱 부끄러웠습니다.
앞으로 만날 사람들에게 비난의 화살을 맞을 것 같아
더욱 부끄럽고 두려웠습니다.

"야 네가 뭘 잘했다고 국무총리상이냐?"
"……. ……. ……. ……."

내가 부끄러워하는 부분은 상을 받을 만큼 일에 대한
열정이 한참은 떨어진다는 것이었습니다.

그저 시계추처럼 이리 왔다 저리 갔다 회사 생활을 했지
당면한 과제에 대해 깊이 있게 생각하고
사려 깊은 행동을 한 바가 없기 때문입니다.

안절부절못하는 나를 보고 혹자는 그러더군요.
받기 미안하면 지금부터라도 열심히 해서
나중에 진짜로 받으라고…….

그걸 미리 받았으니 나에겐 어쨌거나 고스란히 빚으로 남았습니다.
지금까지 룰루랄라 했으니 앞으로 빡쎄게 살라고
너무 무거운 짐이 내 두 어깨에 놓이게 되었습니다.

그건 상이 아니라 벌인 것 같았습니다.

바보들의 행진

우리 회사 어떤 협력업체의 주변에는 빈 공장이 많다. 어느 날 그 협력업체 옆의 빈 공장으로부터 뚝딱거리는 소리가 들리기 시작했다. 몇 년째 방치되었는데 누가 들어오기 위해 수리하는 소리라면서 그 협력업체 사장은 좋아했다. 그렇게 두어 달 동안 뚝딱거린 후 이사 오더니 어느 날 다시 들여놓았던 물건들을 실어내기 시작했다.

"아니 왜 철수하나요?" 협력업체 사장에게 묻자,

"지게차가 너무 커서 좁은 건물 안에서 작업할 수가 없다네요"라고 대답했다.

"아니 처음부터 몰랐답니까?"

"그러게 말입니다. 작은 지게차는 중량물을 다루느라 안 되나 봅니다."

바보들!

두 달이나 넘게 보수하는 동안 그것도 몰랐어?

협력업체에서 업무를 끝내고 회사로 돌아왔다. 그때 조립부서의 조장이 어떤 문제가 발생했다며 나에게 다가왔다. 손톱다듬기용 버퍼가 너무 두터워 케이스의 홈에 끼워지지 않는다는 것이었다. 당장 이번 주에 출하해야 하는데 걱정이 되었다.

지난주에 입고되었을 때 꼼꼼하게 살폈더라면 즉시 조치했을 텐데 검사업무를 담당한 나의 불찰로 출하에 지장이 초래되었다. 막상 조립하려는 시점에서 이런 문제가 드러난 것이었다. 버퍼 제공업체에 불량 대체품을 빨리 넣어달라고 전화를 하고 어떻게 하면 이 잘못을 타인에게 뒤집어씌울까를 고민(?)하다가 이내 포기했다.

검사 담당인 나의 잘못이 100%인데 타인에게 전가하려 한 행위가 부끄러웠다. 어쨌든 2주 후에 출하하게 되었고 나는 찍소리 못하고 고개를 숙이고 다녔다.

바보! 나야말로 바보였다.

대학 편입기

남서울대 편입기 1

지난 한 달간은 나에게 몹시 어려운 기간이었다. 약간의 고통이 뒤따라서 잠을 설치기도 했다. 우리 집에 갑자기 입시생이 생겼기 때문이다. 큰딸아이 서울로 수시합격하고 작은아이 공주로 고등학교에 가게 되었는데 무슨 입시생이냐구?

집사람이 뒤늦게 대학에 들어가 마지막 학기 논문을 막 끝내고 오래 전에 전문대학까지 나온 나보고 대학 편입하면 어떻겠냐고 하기에 평소에 해보고 싶었던 만화를 그려보고자 편입을 생각하게 되었다. 그래서 내가 사는 천안 인근의 만화학과가 있는 대학을 찾아보니 천안에 상명대와 공주대가 있었다.

상명대를 목표로 정하고 준비하기로 했다. 인터넷으로 상명대의 만화학과 페이지에 들어가 보니 벌써 편입 요강이 나와 있었는데 일반편입은 1명만 뽑는 데 반하여 학사편입을 여러 명 뽑는다고 나와 있었다. 그리고 지난 학기의 편입 현황을 보니 일반편입은 20~30 대 1 정도이고 학사편입은 미달이었다.

'아! 준비가 되어 있지 않으면 진짜 필요할 때 발목을 잡히는구나!'

경쟁률도 문제였지만 전혀 준비되어 있지 않은 실기 시험이 더욱 문제였다. 남은 기간 한 달! 이 기간은 컷 만화를 연습하여 합격은커녕 창피를 모면하기에도 너무나 빡빡한 일정! 우선 경험 삼아 이번 시험을 치르고 1년 정도 더 준비하자! 우선 학원에 등록한 후 실기 연습을 시작했다. 그러나 만화는 대부분 인물 위주였고 나는 지금까지 사람을 거의 그려본 적이 없어서 너무 어려웠다.

얼굴이나 몸체의 비례에 대해 잘 모르니 아주 이상한 사람만 그려졌다. 한두 주쯤 지나자 밤잠을 설치기 시작했다. 아무리 경험 삼아 치르는 것이라 해도 어느 정도는 해야 하는데 그렇게 되지 않았기 때문이었다. 지금쯤이면 실기 시험에나 나올 그런 그림을 그려야 하는데 아직도 만화의 기본기도 익히지 못하고 있으니 답답했다. 이번 시험은 포기하는 것이 마음 편할 것 같았다.

그러나 마누라는 노발대발한다. 다음을 위해 경험 삼아 보는데 그렇게 나약해서 되겠냐면서……. 이러지도 저러지도 못한 상태에서 원서는 내놓고 다시 생각했다.

'내년에도 된다는 보장이 없는데…….'

아무 대학이나 4년제를 나오면 학사편입은 미달일 가능성이 높으니 차라리 합격 가능성이 높은 대학에 다니면서 동시에 편입시험을 치르거나 대학을 졸업 후 학사편입을 하면 될 것 같았다. 그래서 회사에 다니면서 다닐만한 야간을 알아보았다. 마침 천안대학의 영상애니메이션과가 주·야간 편입생을 모집하고 있었다.

거기에 또다시 원서를 넣었다. 더군다나 그 학교는 실기 시험은 안 보고 면접만 봐서 참 다행이었다. 그러나 그 학교는 회사에 다니는 사람들이 퇴근 후에 수업을 들을 수 있는 곳이 아니었다. 다시 이 학교 저 학교를 알아보는데 남서울대 애니메이션과는 주간 편입생으로 뽑혀도 수업을 회사 퇴근 후에 들어도 된다는 것이었다. 만약에 주간에 들어야 할 필수과목이 있다면 취업 증명서를 제출하면 된다고 했다.

'그래 남서울대학교로 정하자!' 갑자기 배우던 컷 만화 연습은 그만하고 남서울대 시험과목인 정밀묘사로 바꿨다. '남은 기간 2주! 모집인원 11명!' 정밀묘사는 아주 오래전에 조금 다뤄보아 전혀 생소하지는 않았으나 역시 만만치가 않았다. 원서를 접수하자 마지막 날 아침까지 지원자가 16명! 오늘 저녁까지 제발 17명은 넘지 말아라! 그러면 가능성은 있다!

'왜 17명이냐구? 나름대로 시나리오가 있지!' 실기 시험은 보나 마나 꼴찌일 테지만 회사생활을 오래 한 사람은 가산점이 있기에 두 사람 정도는 떨어뜨릴 수가 있겠다는 계산이 나왔다.

그리고 두 사람 정도는 전적 대학의 성적 차이로 떨어뜨리고……. 나머지 두 사람은? 분명 두 명 정도는 시험에 불참할 거야. 나도 어차피 상명대나 천안대에 원서를 넣었지만 안 갈 테니까. '아! 실력이 달리니 별 꼼수를 다 생각한다.'

그러나 그날 저녁 마감 이후의 접수 결과는 20명! 자고 나니 또 1명이 늘어 11명 모집에 총 21명 접수! 다른 과에 비하면 아주 낮은 경쟁률이라 다행스러운 일이지만 나머지 4명은 어떻게 처리한다? 할 수 없이 4명 중 2명은 여기보다 더 좋은 대학에 강제로 합격시켜야겠다. 내 맘대로…… 흐흐흐.

그렇게 해도 두 사람이나 남았다. 마누라에게 자초지종을 얘기하고 마지막 2명을 어떻게 처리해야 할지에 대해 얘기했더니 배꼽을 잡고 한참을 웃는다.

"아이고, 실력으로 안 되니 별 꼼수를 다 쓰는구먼, 그런 꼼수 생각하는 시간에 하나라도 더 그려보셔."

"아! 이 사람아! 이건 연습 안 하는 시간에 생각한겨……."

"그러면 그날 내가 시험장에 들어가는 한두 사람 정도 못 들어가게 잡고 늘어질게, 잘해봐……. 흐흐흐."

드디어 결전의 날 1월 26일 아침!

회사엔 외출계를 써서 제출하고 차를 몰고 시험장으로 향했다.

남서울대 편입기 2

드디어 결전의 날 1월 26일 아침, 남서울대 실기 시험장에 도착했는데 한 30분 정도 일찍 왔더니 서너 명밖에 없었다. 시험 장소보다 한 층 더 위로 올라가 실기 연습 대신 며칠 전에 산 정밀묘사 책을 한 번 더 훑어보았다. 한참 후 내려와 보니 대기실은 사람들로 꽉 차 있었다.

새파랗게 젊은 수험생들 틈에 나이가 좀 지긋한 여자 한 사람이 눈에 띄었다. 한 30~40대쯤 되어 보이는데 학부모인지 편입생인지 잘 모르겠지만 머리는 약간 헝클어지고 잘 다듬지 않은 걸 보니 예술가 내지는 예술의 끝자락 정도는 잡고 있는 이 같았다.

'젊은이들 틈에 노인네가 정겨워 보이는 건 뭔 조화일까? 어쨌거나 시험 잘 봐서 같이 다녀봅시다…….'

잠시 후 실기 시험장의 문이 열리고 수험생들이 책상 위에 쓰여 있는 자기 이름들을 찾아 분주하게 움직였다. 내 이름은 거의 뒷자리에 있었다. 제일 앞자리 앞에는 애니메이션이라고 쓰인 푯말이 있었는데 거기에 해당하는 책상을 세어보니 서른 개가 넘었다.

'아니? 21명이 지원할 거로 아는데 어째서 이렇게 많지?' 다시 세어봐도 마찬가지였지. '아! 무슨 착오가 있나?' '착잡하지만 우짜겠노? 내 시나리오는 잊어야지' 시험 감독관의 설명이 시작되기 전까지는 내 앞자리와 앞의 옆자리는 비어 있었다.

시험에 대한 설명이 시작되자 앞의 옆자리는 채워진 것 같았는데 내 앞자리는 언제 채워졌는지 아니면 끝까지 빈 상태로 있었는지는 기억이 나지 않는다. 드디어 시험문제가 제시되었다. 팩 우유와 투명 유리잔을 각각 한 개씩 지급하더니 각각의 유리잔에 우유를 적당히 넣은 후 나름대로 배열하여 표현하라는 것이었다.

이 정도의 크기는 1개 정도가 제시될 거라는 학원 선생의 얘기와는 다르게 두 개가 나온 셈이다. 잘하든 못하든 우유 팩이야 보이는 대로 그린다지만 투명 유리잔! 어떻게 그린다? 그러나 곧 깨달았다. 지금 투명한 유리잔 걱정을 할 때가 아니라 시간이 너무 촉박하다는 것을! 우선 두 물체의 외형을 뜨기 시작했다.

외형 1시간, 우유 팩 1시간, 우유 잔 1시간 정도로 시간을 안배하면 될 것 같았다. 대충 외형을 그린 후 우유 팩을 그리기 시작했다. 어디가 어둡고 어디가 밝은지 보고 또 보고 수정하기를 수십 번, 우유 팩을 다 끝내기도 전인데 1시간 남았다고 감독관이 알려주었다. 우유 팩에 쓰여 있는 흰 글씨도 검게 쓰고 잔글씨는 써넣지도 못 한 채 그냥 부족한 상태로 대충 마무리하니 40분밖에 남지 않았다.

그리고 투명 유리잔에 손대기 시작했다. 어느 부분이 밝은지 어두운지 분간이 가지 않아 보이는 대로 그리기엔 너무 어려웠다.

'그냥 지금까지의 내 상식대로 그리자!'

대충 여기저기 진하게 칠한 후 지우개로 지워가며 반사한 것처럼 표현하는데 감독관이 5분 남았다며 마무리하라고 했다. 그려놓은 그림을 좀 더 멀리서 바라보니 많이 어색하고 엉성했다. 그제야 다른 이들이 그린 것도 둘러보았다. 예상은 했지만 모두 나보다는 잘 그렸다. 시험 종료를 알리고 그림을 거두어가자 아쉬움보다는 홀가분한 마음이 들었다.

책상 위에 놓인 우유 잔과 우유 팩에 대해 언급은 하지 않기에 나는 양쪽 코트 주머니에 각각 1개씩 집어넣었다. 시간 날 때 재연해 보리라.

'실기 성적은 꼴찌겠지만 과연 내 꼼수대로 합격하려나? 낼모레면 발표데…….'

실기 시험 재연작

합격했습니다…….

과제 하러 교회에 다녀오다

지난 1학기 때 채플 과제인 교회 방문보고서를 쓰기 위해 교회를 방문했었다. 어디로 갈까 망설이다가 일찍이 청상이 되었지만 큰아들을 목사로 만드신 누님과 함께 누님이 다니시는 천안의 모 교회로 가기로 마음먹었다. (나의 큰조카는 현재 중국에서 선교 중) 누님은 평생 한 번도 나에게 교회에 같이 가자고 강권하신 적 없었는데 내가 같이 가자고 하니 내심 기뻐하시는 것 같았다.

찬송과 기도가 이어지고 성경 봉독이 시작되었다. 데살로니가 전서 5장 16~18절 '항상 기뻐하라, 쉬지 말고 기도하라, 범사에 감사하라'라는 내용이었다. '범사에 감사하라'에 대한 설교에서는 신학대학의 교수직을 겸하고 계신 목사님이 그 대학에서 있었던 경험담을 들려주셨다. 졸업을 앞둔 4학년을 맡고 있었는데 각자 한 가지씩 감사해야 할 일에 관하여 얘기해 보기로 했단다. 그대 한 여학생이 다음과 같은 얘기를 했는데 그때 그 여학생의 입장이 되어 내 나름대로 개작하여 보았다.

● [아버지의 오른손]

나는 23년 만에 처음으로 아버지에 대한 감사의 말씀을 드리려고 합니다. 아니 아버지의 오른손에 대하여 감사의 말씀을 드리겠습니다. 내가 초등학교 고학년 때 아버지는 공장에서 프레스 작업을 하시다 그만 왼손을 다치셨습니다. 며칠 동안 입원하신 아버지는 퇴원하시면서 아무 일도 없었다는 듯이 씨익 웃으셨습니다.

왼손에 흰 장갑을 끼고 계셨지만 말하지 않아도 손가락이 없다는 걸 다 알 수 있었습니다. 그 후 언제부턴지 알 수 없지만 나는 아버지가 싫었습니다. 아버지가 미웠습니다. 하굣길에 멀찍이서 아버지가 보이면 친구들과 같이 가다가도 다른 사정이 있는 것처럼 돌아서 집에 가기도 했습니다.

한번은 친구들과 같이 집으로 오다가 미처 아버지를 발견하지 못하고 맞닥뜨리게 되었습니다. 아버지는 내 머리를 쓰다듬으신 후 친구들과 빵이라도 사 먹으라며 주머니에서 돈을 꺼내는데 나는 황급히 줄행랑을 치듯 뒤도 돌아보지 않고 집으로 돌아왔습니다. 아버지의 잘린 왼쪽 손가락을 친구들이 알면 어떻게 하나 하는 걱정만 앞섰습니다. 그날 아버지는 술에 잔뜩 취한 상태로 집으로 돌아왔습니다.

한참 후 엄마는 회초리를 들고 내 방으로 들어오셔서 동생들을 내보낸 후 내 종아리를 때리셨습니다. 나는 아프다는 신음도 내지 않고 눈물을 흘리면서 그저 맞고만 있었습니다. 엄마도 아무 말 없이 눈물을 흘리면서 내 종아리를 때리셨습니다. 내가 잘못했다는 말만 했더라도 금방 그쳤을 텐데…….

너무나 많이 맞아서 몇 대를 맞았는지 알 수가 없었습니다. 엄마의 매질이 끝난 후 동생들이 안티푸라민을 가지고 들어와 내 종아리에 발라주었습니다. 아마 엄마나 아버지가 시켜서 가져온 것 같았습니다. 다음 날, 내 종아리는 너무나 빨갛고 눈은 퉁퉁 부었습니다. 교복 치마 밑에 드러나기에 여름인데도 검은 스타킹을 신었습니다.

학교로 가는 척하다가 친구네 자취방으로 들어가 온종일 거기서 보냈습니다. 저녁때 집으로 들어가자 동생들이 난리 난 듯 걱정을 하며 나에게 다가왔습니다. 언니가 결석했다고 학교에서 전화가 왔다는 것이었습니다. 그러나 엄마도 아버지도 나에게 아무 말씀 없으셔서 그날 하루는 아무 탈 없이 지나갔습니다. 그 뒤부터 나는 말수가 적은 아이로 커갔습니다.

그저 형식적으로 가족들은 대했고 꼭 필요한 말 외에는 하지 않았습니다. 여전히 아버지는 미웠습니다. 땀내 나고 기름에 찌든 작업복, 잘린 왼쪽 손가락, 막걸리와 신김치 냄새, 지속되는 가난! 그러던 중 나는 신학대학을 입학하게 되었고 부족한 등록금과 내 개인 용돈을 벌기 위해 닥치는 대로 아르바이트를 했습니다. 그저 부모 잘 만난 덕택에 공부만 하는 애들이 몹시 부러웠습니다.

졸업을 한 학기 앞둔 어느 날 자원봉사 실적이 부족하여 외국인 연수생들에게 우리말을 가르치는 봉사활동을 하게 되었는데 한 필리핀 연수생이 그만 안전사고가 나서 병원에 입원했다는 연락을 받았습니다. 좀 더 잘살아 보려고 외국까지 왔는데 사고를 당하다니 얼마나 막막했을까?

병문안을 하러 갔더니 마침 그 연수생이 다니는 작은 회사의 사장님도 나와 있었습니다. 그 연수생은 오히려 자기의 잘못이라며 사장님을 달래고 있었습니다. 사장님은 그 연수생이 프레스 작동 방법과 한국말이 서툴러 보조로만 쓰고 있었는데 그만 자기가 해보겠다고 나서다 그렇게 되었다고 안타까워했습니다.

그러고 보니 며칠 전부터 그 연수생이 뭔지 잘 알아듣지도 못 하는 말로 무엇인가를 물어보던 것이 있었습니다. 아마 프레스의 사용 방법에 관하여 물어봤을 텐데 내가 무시하고 그저 책의 진도에 따라 가르치고 끝나자마자 다른 아르바이트를 하러 가느라 제대로 답을 못 해준 것이 원인이란 생각이 들어 미안했습니다.

그로부터 며칠 후 어떤 과목의 마지막 종강 시간에 담당 교수님께서 각자 자기에게 감사해야 할 일에 관해 이야기하자고 말씀하셨습니다. 순간 나는 아버지에 대해, 아니 아버지의 오른손에 대한 고마움이 떠올랐습니다. 그동안 나는 아버지의 잘린 왼손 때문에 아버지의 전체를 미워하며 옹졸하게 살아왔음을 알게 되었습니다. 하나하나 아버지의 고마움에 대해 생각해 보았습니다.

학교 수학 숙제를 하다가 잠들었을 때 깨알같이 작은 글씨로 풀어놓으셔서 내가 쉽게 이해할 수 있도록 해 주셨고, 만들기 숙제로 무언가를 고민할 때 밤새도록 한쪽 손으로 만들어 주셨습니다. 그저 공장에서 잡일이나 하는 무지한 아버지인 것 같았지만 첫해를 제외하고 나머지 학기 동안 장학금을 탈 수 있을 정도의 지능을 주셨고 아르바이트로 학자금과 생활비를 보태긴 했지만 어쨌든 대부분 아버지께서 열심히 땀 흘리신 덕분에 내가 졸업하게 된 것이 아닌가 하는 생각이 들었습니다.

이 모든 것이 아버지 때문에 아니, 아버지의 오른손 때문이 아니겠습니까? 나는 울먹이느라 발표를 마무리하지 못하고 그만 자리에 앉고 말았습니다. 담당 교수님께서 살며시 다가와 내 어깨를 토닥거려 주셨습니다. 그리고는 교단 앞으로 나가시더니 오늘 있었던 발표에 대해 촌평을 하셨습니다.

"여러분! 나는 별다른 어려움 없이 대학과 대학원을 마치고 목사가 되었습니다. 그리고 곧바로 박사과정도 마치고 이렇게 교단에 서게 되었습니다. 나는 이 세상에서 그 누구보다도 특히 여기 있는 학생들보다도(설교 초기에 신학대학 학생들은 대부분 생활이 넉넉하지 않다고 말씀하셨음) 더 큰 은혜를 입었기에 세상에 감사해야 할 일이 훨씬 더 많다고 생각했는데 오늘 여러분의 얘기를 듣고 보니 여러분이 나보다도 더 많은 은혜를 받았으며 또한 감사해야 할 일들이 훨씬 더 많다는 것을 알게 되었습니다."

교수님의 말씀이 이어지는 내내 나는 울먹이느라 언제 끝났는지도 몰랐습니다. 내가 아버지에게 좀 더 귀티 나고 세련된 직업을 가지기를, 좀 더 많은 돈을 버는 일을 하셨으면, 아니 손이라도 다치시지 않으셨으면 하는 바람을 하는 동안 아버지는 내게 뭐를 바라셨을까? 다시 내 코끝이 찡해졌습니다.

아버지의 바람은 나에게 아무런 부담도 되지 않는 아주 소박한 것이란 걸 알았기 때문입니다. 어디서 파는지 알 수 없는 아주 시원한 막걸리 한 병과 김이 모락모락 나는 두부 한 모면 충분하겠지요. 신김치야 냉장고에 있으니 되었고……. 오늘 준비하렵니다.

누님 덕분에 교회에서 좋은 말씀 듣고 왔습니다.

어느 독립운동가 후손이라 불리는 사나이 (배경미술용)

● [김氏]

벌초품을 팔던 박형이 아직도 해가 중천에 떠 있는 대낮인데도 술에 잔뜩 취해서 씩씩거리며 동네 안으로 들어오고 있었다.

"형님! 무슨 안 좋은 일이라도……."

"아! 오늘 여러 명과 묫자리를 기가 막히게 잘 쓴 곳으로 벌초하러 갔었는데 글쎄 친일파의 무덤이라잖아. 그래서 벌초를 하다 말고 왜 속이고 일 부려 먹냐고 관리인하고 대판 쌈이나 하고 우리끼리 쐬주 한잔 하고 오는겨……. 품삯을 세 배로 준다는디 그래도 그렇지 자존심 상해서 일할 맛 나냐?"

"……"

다음 날 나는 박형 몰래 수소문하여 그 묘지를 찾아갔다. 왕릉 부럽지 않게 화려하고 넓은 가족묘가 눈앞에 펼쳐졌다. 내 조상 무덤은 아니지만 늘상 하던 대로 술 한 잔 따르고 넙죽 절을 올린 뒤 몇 해째 사용하는 사꾸라 예초기의 시동을 켰다. 부드럽게 걸리는 시동, 국산도 써봤지만, 소음과 매연이 심하여 몇 년 전에 지금 사용하는 일제로 바꿨다. 역시 기계는 일제여…….

그러나 박형은 내 예초기에 불만이 많다. 이 사꾸라 예초기 회사는 일제강점기 때 군수품을 만들던 회사의 자회사라는 것이다. 독립군 후손인 나는 더더욱 일제를 사용해선 안 된다는 것이다. 또! 독립군 후손 타령! 난 그 소리를 들을 때마다 오장육부가 뒤틀리고 피가 거꾸로 솟구치는 것 같아 듣기 싫다. 지금 내 처지에 이런 것 저런 것 따질 때가 아닌 것이다.

● [박氏]

아버지에게서 들은 이야기인데 이웃 동네 삼분의 일은 김씨네 할아버지 땅이었단다. 그러나 일제강점기 때 독립운동한다고 많은 재산을 팔아 만주로 갔다가 생사조차 알 수 없다고 한다. 일본 고등계 형사들이 남은 가족들을 감시하고 사사건건 트집 잡아 수없이 많은 곤욕을 당했다고 한다. 존경받아야 할 집안이 너무나 몰락하고 궁핍하게 살아서 안타깝다.

● [김氏 할미]

남편이 많은 재산을 팔아 만주로 가버린 후 사는 것이 얼마나 어려웠는지 모른다. 손에 물 한번 안 묻혀보고 살았었는데 유복자만 남기고 홀로 떠나다니 남편이 너무나 밉고 원망스러웠다. 떠난 지 몇 년 후 남은 재산을 팔아 보내 달라는 편지대로 했다가 일본 순사들에게 들켜 죽도록 매 맞고는 겨우 살아왔을 때 어린 아들은 놀라서 혼절하는 등 그 후로도 자주 겁에 질려 사람 구실을 못 하며 커갔다.

커서는 술에, 쌈박질에, 겨우 장가들더니 툭하면 손찌검하여 며느리가 그만 도망가 버렸다. 찾아 나섰다가 객사하고, 무슨 팔자가 이리도 센지 또 손자 하나만을 키운다. 이 나이에…….

● [김氏]

주위 사람들이 할아버지를 독립운동가로 추서하란다. 가만히 앉아 있으면 아무도 도와주지 않으니 손자가 직접 관계기관에 알아보고 서류도 넣고 하면 될 거란다. 여기저기 기관에 알아보니 증거가 될 만한 서류를 챙겨오란다. 편지나 사진 또는 독립운동을 했다는 증언들을……. 그러나 아무것도 없었다.

할아버지가 만주로 떠난 후 가족들이 일본 순사들에게 고통을 당하자 할아버지에 대한 모든 것을 태워버려 사진 한 장, 편지 한 장이 없었다. 그리고 어디서 무슨 독립운동을 했는지 전혀 아는 사람도 없었다. 관계기관 사람들의 불친절과 내가 무슨 돈이나 타 먹으려고 이리저리 뛰는 것으로 오해하는 사람들의 눈치가 너무 싫어 그만 포기했다.

● [김氏 장모]

사위가 자기 할아버지를 무슨 독립운동가로 올리러 다니느라고 그나마 하루 벌어 하루 사는 품팔이도 팽개치고 있다. 성질머리 없는 내 딸년도 그렇지 그 꼴 안 본다고 집을 나가버렸다. 아무리 내 딸년이지만 어린 손녀딸만 남겨두고 어떻게 그럴 수 있냐? 결혼 전에는 방앗간 집 최가 놈하고 그렇게 좋아지내다 최가 놈 마누라한테 죽도록 맞은 후에야 정신을 차렸는가 했었는데 말이다.

아마 지금 손녀딸년도 사위의 자식이 아닌 듯하다. 그나저나 내 소싯적에 듣기로는 사위의 할아버지가 재산을 팔아 만주로 가긴 갔는데 독립운동을 했다는 소리는 못 들었다. 마누라가 애를 못 낳자 집 떠난 종년 찾는다고 재산 팔아 만주 가서 종년한테 다 뺏기고 또다시 재산을 팔아갔다고 하지 아마?

6·25 사변 통에 인민군하고 같이 내려온 그 종년이 꽤나 유세를 부리며 동네 사람들을 괴롭혔다고 하던디……. 그 종년한티 다 털린겨. 무슨 독립운동? 그나저나 아무 사정도 모르는 착하기만 한 손녀 딸년이 너무나 불쌍하다.

● [김氏]

벌초가 거의 끝나갔다. 워낙 잔디가 좋아 대충 깎아도 아주 잘 깎은 것처럼 보인다. 몇 년째 안 깎은 묘보다 넓지만 이런 곳이 일하기는 훨씬 좋다. 오늘은 품삯을 두둑하게 준다니 딸아이의 핸드폰은 좀 어렵고 엠피쓰리 정도는 사줘야겠다. 할머니 돌아가시고 마누라 도망가고 장모님이 맡아 키우는 딸아이는 어린 나이인데도 밥도 할 줄 알고 김치도 맛있게 담글 줄 안다.

딸아이를 생각하며 벌초를 하니 하나도 힘 안 들이고 쉽게 다 마쳤다. 관리인은 아주 깔끔하게 잘 깎았다고 원래 주기로 했던 품삯보다 조금 더 얹어줬다. 다음에 둘레석과 비석을 손질할 때 올 수 있느냔다. 고맙다고 90도로 인사하고 산에서 내려왔다. 박형이 알면 친일파의 무덤이라고 도끼 들고 비석을 깨부수러 올지도 모르겠다. 내려오다가 돌아가신 할머니가 갑자기 생각났다.

남의 묘만 깎지 말고 오늘은 할머니 산소도 깎아야겠다는 생각이 들었다. 예초기를 멘 채 오토바이를 몰고 할머니를 모신 공동묘지까지 갔다. 여기인 것 같은데 아니구, 저기인 것두 같은데 아니구 어쨌거나 한참을 돌아다녔는데 어디다 썼는지 통 알 수가 없었다. 돈이라도 빌려서 비석이라도 세워두는 건데…….

이미 해는 서산으로 넘어가 어두워지기 시작했다. 나한테 화도 나고 신경질 나서 메고 있던 사꾸라 예초기를 집어 던지자 기름통이 깨지면서 여기저기 흩날려 옷에 기름이 묻었다. 가지고 갔던 댓 병 쇠주를 안주도 없이 다 마셔 버렸다.

"엉엉엉 엉엉엉엉"

눈물이 그냥 쏟아졌다. 동파되어 새는 수도관처럼 줄줄줄줄 흘렀다. 옷에서 기름 냄새가 너무나 역하게 나서 웃옷을 벗은 다음 라이터로 불을 붙이고 뒤도 돌아보지 않고 공동묘지를 내려왔다. 벌써 저 멀리에 있던 몇 안 남은 벌초객들이 쫓아가 나뭇가지로 불을 끄는 소리가 들렸다.

"어떤 꼴통이 이런 짓 하는겨?"

"……"

모처럼 두둑한 품삯, 딸아이 엠피쓰리와 장모님 좋아하는 쇠고기나 사 가지고 가자. 선물을 사 가지고 가면 너무나 좋아할 착하고 이쁜 딸아이를 생각하니 뛸 듯이 기뻤다. 그러나 장모님의 잔소리를 생각하니 포장마차 집에서 한잔 술을 더해야 했다. 엠피쓰리 쇠고기! 엠피쓰리 쇠고기! 중얼중얼거리며 장모님이 살고 있는 역전 안쪽 사글셋방으로 향하는데 느닷없이 방금 쥐 잡아먹은 듯 입술이 새빨간 두 여인이 나타났다.

반쯤은 벗은 상태에서 강제로 양쪽 팔을 붙잡고 안으로 끌고 들어갔다. 안 돼! 안 돼! 나 엠피쓰리 사야 돼!

그러나 김씨의 그러한 외침은 기차의 기적소리에 묻혀 흔적도 없이 사라졌다. 그 시간 오늘은 아버지가 맛있는 과자를 사 들고 오시겠지라고 생각한 딸아이는 밤늦도록 꾸벅꾸벅 조는 외할머니와 함께 부업 일거리인 곰 인형의 눈깔을 붙이고 있었다.

 * 1980년대 후반 예초기 1대를 샀다. 당시에는 국산이 없었기에 일제를 사서 논둑이나 밭둑의 잡초를 베거나 벌초를 하는 데 사용을 했다. 문득 독립운동가의 후손이라는 사람이 친일파의 무덤을 이 예초기로 벌초한다면 얼마나 참담할까? 라는 생각이 들었다. 그 후 15년 후쯤 이 글이 완성되었다.

한 여인의 서운한 이야기
(졸업작품)

나는 딸을 셋이나 두고 그다음에 아들을 둔 여인입니다. 한마디로 그 아들은 내게 아주 귀합니다. 그 무엇과도 견줄 수 없습니다. 남편은 오랜 공무원 생활을 한 후 퇴직하여 연금으로 살고 있는데 아들은 군대를 갔다 와서 이제는 대학원에 다닙니다.

생활도 버거운데 대학원까지 보내느라 금전적으로나 정신적으로나 여간 쪼들리는 게 아닙니다. 아들의 덩치는 집채만 해도 여전히 내 눈엔 어린애입니다. 아직도 밖에 나갔다 들어오면 내 찌찌를 만집니다. 그런 아들에게 나는 부드러운 목소리로,

"아들 왔어?" 하며 엉덩이를 또닥거리죠. 귀여운 내 아들 눈에 넣어도 하나도 안 아픈 내 아들, 세상에 온갖 수식어를 다 붙인다 해도 끝이 날까요? 남편은 안 이쁜데 아들은 왜 그렇게 이쁜지 모르겠네요. 요즈음은 대학원 과정을 밟고 있는데 교수들이 고등학교 입시보다도 더 엄하게 시킨다네요.

여자친구도 생겨 가끔 집에 같이 오기도 하고 그 집에 놀러 가기도 합니다. 그러던 아들이 요즈음은 집에 들어오지 않는 횟수가 많아지면서 얼굴이 거칠어졌습니다. 집에 안 들어오는 날 아들이 걱정됩니다.

밥이라도 제대로 챙겨 먹는지 잠은 잘 자는지 궁금하여 전화하면 무심한 아들의 전화는 꺼져 있네요.

그러면 곧바로 아들의 여자친구에게 전화하지요. 아들과 같이 있느냐고……. 아들의 여자친구는 자기도 요즈음은 통 만나지 못한다고 하네요. 교수들이 너무 엄해서 밤새도록 연구실에 있다가 그대로 잠드는 때가 많아 자기도 통 만나지 못한답니다. 알고는 있지만, 혹시나 하고 전화를 건 건데 무심한 놈! 늦으면 늦는다고 자고 올 거면 자고 온다고 전화나 주지. 그러기를 여러 차례 또 아들이 안 들어오자 여자친구에게 전화했더니 여자친구가 짜증을 다 내네요.

그 짜증의 뜻은 '나도 당신의 귀한 아들이 바빠 못 만나는데 왜 밤늦게 전화해서 나를 의심하시는 겁니까'라는 뜻 같네요. 그다음 날 "띵동 띵동……" 문밖에는 수염도 제대로 못 깎은 초췌한 모습의 아들이 있었습니다. 순간 눈물이 핑 돌았습니다.

'아! 귀한 아들이 돌아왔다! 얼마나 힘들면 얼굴이 반쪽이 됐을까?'

"아들!"하고 부르면서 찌찌를 앞으로 내밀었습니다. 그리고 엉덩이를 또닥거렸죠. 아 그랬더니 야멸차게 뿌리치며 거절하는 게 아니겠습니까? 그러면서 기관총을 쏘아대기 시작했죠.

"앞으로 아들, 아들 부르며 애 취급하지 마세요!"

"내 엉덩이를 두드리지 마세요!"

"밤늦게까지 연구하느라 늦는 것이니 나에게나 친구에게나 전화하지 마세요!"

"헉! 헉! 헉!"

'이게, 이게, 이게, 내 아들 맞어?'

'금이야 옥이야 좋은 것 귀한 것 다 구해 보살폈더니 제 여자친구에

게 폭 빠져 이! 이! 이 에미의 가슴에 못질해!'

너무나 서운하고 분했답니다.

"……"

원래 작품은 여기까지였으나 교수님의 지도로 내용을 추가했으며 훈훈하게 마무리하는 것으로 끝을 맺었다.

기찻길 옆 아이들
(졸업작품 2, 시나리오)

나오는 사람들: 백이 형, 록이, 섭이, 철이, 형이, 선이, 란이, 형이 아버지

시대: 1960년대 후반 초등학교 3~4학년생들

기찻길 옆 아이들이 기차 레일에 쇠못을 올려놓고 침을 뱉은 후 밑으로 내려와 쪼그리고 앉아 기차가 지나가기를 기다리고 있다. 잠시 후 기적소리를 울리며 기차가 지나가자 아이들은 납작하게 갈려진 쇠못을 찾느라 두리번거리는데 천안에 사는 백이 형이 빵을 먹으면서 노는 것을 바라보고 있다.

백이: 야, 너희들 뭐하니?

섭이: 못을 기차에 갈려서 칼을 만들려고요.

섭이는 자기가 만든 칼을 내보이며 자랑한다.

형이: 그런데 형! 뭐 먹어?

백이: 아! 이거 빵!

아이들은 부동자세로 백이 형의 빵 먹는 모습을 바라보며 침을 꼴깍 삼킨다. 록이가 자기가 만든 칼을 백이 형에게 내민다. 백이 형은 칼을 받아 쥐고 그 대가로 빵을 조금 떼어 주며 한마디 한다.

백이: 우리 집 옆이 빵 공장인데 거기 가면 갈라지고 찌그러지고 반쪽 된 빵이 아주 많아. 나는 공짜로 배가 터지도록 얻어다 먹지.

록이: 형! 우리도 가면 주나?

백이: 그럼 내가 가서 얘기하면 돼! 나 지금 가는데 따라올래? 좀 멀기는 하지만…….

모두: 멀어? 그래도 좋아! 좋아!

이구동성으로 모두 좋다고 대답했다.

신나게 콧노래를 부르며 백이 형을 따라나섰다.

선이: 야! 너는 너무 어려! 따라오지 마!

선이의 동생 란이도 막무가내로 따라가려 하자 선이가 큰소리를 치며 따라오지 못하게 한다.

툴툴거리며 발을 동동 굴러대는 란이를 뒤로하고 다섯 아이는 신나게 출발한다.

한참을 가다가 록이가 기찻길 옆에 떨어진 담배꽁초를 주워 입에 문다.

재빠르게 성냥을 주워 든 형이가 담뱃불을 붙여준다.

록이: 콜록, 콜록!

형이도 담배를 입에 물고 힘껏 빨아본다.

형이: 콜록, 콜록, 콜록, 콜록!

그리고는 담배를 철로 변에 휙 집어 던졌다.

봄인데도 태양은 뜨거웠다.

한참을 가자 목이 말랐다.

철이가 캔 하나를 주워서 거꾸로 쏟아보다가 내용물이 나오자 입에다 갖다 댄다.

선이가 더럽다며 빼앗아 버린다.

선이: 야! 네가 거지냐? 더럽게!

옆에 있던 섭이는 침을 삼킨다.

한 칸짜리 다리 앞,

약간 두려워하면서 모두 잘 건넜지만 철이만 못 건너고 떨고 있다. 친구들이 놀려대며 빨리 건너오라고 하지만 쉽게 건너오지 못한다. 할 수 없이 철이는 철로 밑으로 내려가서 작은 하천을 건넌 후 다시 철로로 올라와서는 멋쩍은 미소를 짓는다.

다시 두 칸짜리 다리 앞,

철이는 할 수 없이 건너는데 레일을 잡고 기어서 건넜다.

아이들은 모두 웃으면서 박수를 보냈다.

좀 더 가자 여섯 칸짜리 다리 앞, 밑에는 커다란 웅덩이와 수초들이 있고 물이 흐르고 있었다. 모두 두려워하면서 한발 한발 떼면서 건넜다. 철이는 여전히 레일을 잡고 천천히 건넌다. 이마에 땀이 송골송골 맺혔다.

한참을 가자 돌 틈으로 뱀 한 마리가 기어간다. 록이가 재빠르게 나뭇가지 하나를 주워 몇 번 내리친 다음 나뭇가지에 걸어서 친구들의 얼굴 앞에 갖다 댄다.

선이만 기겁을 하며 놀란다.

선이: 야! 무서워, 하지 마.

그렇게 또 한참을 갔는데 이번엔 거대한 하천 위에 놓인 열여덟 칸짜리 철 다리 앞, 벌써 백이 형은 한참을 앞서서 건너가고 있고 그 뒤로 록이, 형이, 섭이, 선이, 철이가 뒤따른다.

철이는 여전히 레일을 잡고 기어가고 있다.

모두 한발 한발 침목을 밟으며 앞으로 나아가고 있는데 지금까지 즐겁게 부르던 콧노래는 사라지고 긴장감이 흐른다. 섭이는 한참 남은 앞을 바라보며 한숨을 쉬다가 뒤에서 기어오는 철이를 보며 위안으로 삼는다. 그때 갑자기 제일 앞에 가던 록이가 큰소리를 친다.

록이: 야! 기차 온다!

모두 당황하기 시작했다. 제일 앞에 가던 록이는 약간 뒤로 돌아와 침목과 침목 사이로 들어갔는데 머리가 커서 잘 내려가지 못하고 대롱대롱 매달리다시피 하다가 겨우 내려갔다. 형이는 철로 보수 작업자들이 기차가 올 때 피할 수 있는 곳을 통하여 내려갔다.

섭이와 선이도 가까스로 철교를 받치고 있는 콘크리트 지주 위까지 내려왔다. 레일을 잡고 있던 철이는 앞으로 가지고 뒤로 물러서지도 못하고 앞과 뒤, 그리고 아래를 번갈아 보다가 기차가 거의 앞에 왔을 때 다리에서 뛰어내렸다.

철이: 아 아 아!

한편 동네에서는 란이가 툴툴거리며 빵을 사달라고 다니다가 지나가던 형이 아버지가 사정을 듣게 되어 자전거를 타고 뒤쫓아 오고 있었다. 아이들은 콘크리트 지주에서 각각 뛰어내리는데 이 또한 만만치가 않았다.

록이는 하천 위로 뛰어내렸다. 형이는 사다리를 통하여 내려왔다. 섭이와 선이도 각각 다른 곳에서 주저하다가 모래사장 위로 뛰어내렸다. 선이의 치마가 들렸다. 철이는 넘어져 있었으며 울면서 허리를 붙잡고 있었다.

철이: 엉엉엉

물에 흠뻑 젖은 록이가 철이를 살피고 다른 아이들은 주위에 서 있는데 형이가 자기 아버지를 발견하고 좋아한다. 형이 아버지는 타고 오던 자전거를 팽개치고 나뭇가지를 하나 집어 들더니 다짜고짜 형이의 종아리를 내리친다.

형이 아버지: 이놈의 시끼가 죽을라구 환장을 했나?

록이 섭이가 철이를 부축하고 선이가 철이의 신발을 가지고 뒤따른다. 형이 아버지가 자전거를 세워놓고 갈 준비를 하자 형이가 자전거의 뒤에 올라앉으려고 한다. 하지만 형이 아버지는 야멸차게 형이를 밀어낸다. 형이가 넘어지고 울어댄다.

형이: 엉엉엉

형이 아버지는 철이를 태우고 떠나가고 록이 섭이 선이는 우두커니 서서 떠나가는 철이와 울고 있는 형이를 번갈아 가며 쳐다보았다.

그날 밤 섭이는 밤새도록 기차에 쫓기는 꿈에 시달렸다.

초등학교 때 있었던 '공포의 봉강철교'를 각색해 보았다.

단편소설

"여보! 아주 오래전에 어떤 글을 읽었는데 그 글의 모티브만 따와서 글을 쓰려고 하거든? 한번 들어볼라우?"

설거지하고 있던 집사람은 선뜻 대답하지 않는다. 별로 듣고 싶지 않은가 보다. 개의치 않고 계속했다.

"오랜 공무원 생활을 하다 명퇴한 어떤 사람이 PC방에 이어 바다이야기란 게임방을 하다 쫄딱 망했어. 그런 후 전철을 타고 이곳저곳을 배회하다가 천안삼거리까지 오게 된 거야."

집사람은 대꾸 대신 눈을 들어 나를 쳐다본다.

"식사하러 근처의 조그만 식당에 들어갔는데 그 주인아줌마와 이루어지는 잔잔한 이야기지."

"노인네들 사랑 이야기?"

"그래! 로맨스그레이!"

"그거 뻔하네. 바람피우는 이야기잖어? 그런 글은 쓰지 마!"

그러나 나는 이 글을 쓰고 싶었다. 내가 지금까지 써온 다른 글과는 스타일이 다르고 다소 읽기 거북한 부분도 없지 않겠지만 말이다. 우선 아내의 반대부터 꺾어야 한다. 이럴 경우 늘 쓰는 방법이 있다.

"이 여편네가 남편이 창작을 하려는데 기를 꺾네?"

아내는 어떠한 경우라도 애들이나 남편의 기를 꺾어서는 안 된다는 심오한(?) 철칙이 있었다.

"그려 알았어! 바람피우는 얘기든 뭐든 맘대로 써봐! 암 말 안 할게."

[로맨스그레이]

한낮의 꿈

1. 실패 그리고 회상

나(박진혁)는 생각 없이 이곳저곳을 떠돈 지 벌써 여러 달째, 이곳 천안은 좌불상, 독립기념관, 유관순 사당, 종합운동장 등등 벌써 열 차례도 더 와봤다. 삼거리도 두 번째 와본다. 천안삼거리는 다른 여느 곳보다 한산하다. 공원이라고 하기엔 다소 빈약하긴 해도 아담하다. 천천히 둘러보다 천안삼거리의 유래를 알게 되었다.

옛날 딸 하나를 둔 아버지가 전쟁터에 가느라 딸을 천안삼거리 주막집에 맡기고 떠나면서 버들 지팡이 하나를 꽂은 후 이 나무가 살아 무성해지면 만나자고 했단다. 세월이 흘러 버들은 무성해졌지만, 아버지는 나타나지 않았고 딸은 성장하여 능소란 이름의 기생이 되었다. 어느 날 과거를 보러 한양으로 가던 전라도 정읍에 사는 박생이란 서생을 만나 하룻밤 연분을 맺었다고 한다.

훗날 박생이 과거에 장원하고 삼남 어사가 되어 이곳을 지나는 길에 옛정인 능소를 찾아와 춤을 추며 "천안삼거리 흥! 능소야(후에 능수야) 버들은 흥"하고 부른 노래가 민요 가락으로 변하여 지금껏 구성진 가락으로 내려오고 있단다. 재미있는 유래라고 생각하면서 벤치에 앉았다. 이파리 하나 없이 축 늘어진 능수버들을 바라보고 있는데 축 처진 내 처지와 비슷하단 생각이 들어 잠시 과거를 회상하게 되었다.

오랜 공무원 생활을 하다 명예퇴직을 한 후 부천역 부근에 PC방을 차렸었다. 그럭저럭 장사가 되는 것 같더니 알바생들이 너무 자주 들락거리고, 무슨 검열이다 소방점검이다 하면서 뜯어가는 돈이 한두 푼이 아니었다. 돈도 돈이지만 파출소 순경들이 순찰한다고 죽치고 자리에 앉아 있으면 손님들의 발길이 끊어질까 봐 기분을 맞춰줘야 하니 여간 비위가 상하는 게 아니었다. 소화기가 제 위치에 놓여 있지 않다고 한 번, 영업시간 지키지 않았다고 여러 번 소액 벌금을 맞았다. 이젠 알바생들까지 속 썩여 심야에는 내가 지켜야만 했다. 시간이 지남에 따라 매출은 줄고 빌린 돈의 이자는 꼬박꼬박 늘어만 갔다.

마누라의 잔소리가 점점 커지고 횟수가 늘어가던 어느 날, 예전에 알고 지내던 물품 공급업체 사장이 찾아왔다. 요즈음 PC방은 사양길에 접어들었으니 새로운 사업을 해보란다. 황금성이나 바다이야기에 대해서 주절주절 설명해댄다.

"그거 불법 아닌가?"

문광부에서 게임산업을 육성하기 위한 차원에서 다 정식 허가를 받고 하는 것이기에 안심하고 할 수 있단다. 한번 시간을 내어 구경을 가보기로 했다.

며칠 후 김 사장과 그의 동료 그리고 나는 게임 오락실 몇 군데를 둘러보았다. 오는 손님이나 종업원들 모두 돈독이 오른 것 같았다. 이곳저곳에서 팡파르 울려 퍼지는 소리와 레버 동작 소리, 화면이 현란하게 움직이는 것이 영 내 취미에 맞지 않았다.

그들과 헤어지고 난 후 아무런 답을 하지 않자 며칠 후 또다시 그들이 찾아왔다. 혼자 하기 어려우면 자기들도 투자할 테니 이 PC방을 새로 꾸미자는 것이다. 나는 약간만 더 투자하면 된다는 것이었다. 얼마나 집요하고 끈질긴지 마누라 몰래 전세금을 담보로 대출을 받아 게임기를 설치하기 시작했다.

게임기가 모두 설치되었다. 황금성이나 바다이야기 외에도 우후죽순으로 고래이야기와 상어이야기가 나오자 조금만 더 있으면 인어이야기까지 나오겠다고 우리끼리 웃으면서 이야기했다. 생각보다 장사는 잘되었다. 돈을 잃고 분통을 터뜨리는 이들에게 다소 미안한 맘이 들었지만, 그만큼 여유가 있으니 이런 곳에서 놀겠지 하고 나를 달래 보았다.

전보다 수입이 늘어 마누라에게 손자와 손녀는 보러 가지 않아도 된다고 말하자 뭐를 해서 번 돈인 줄도 모르고 마누라는 좋아한다. 그러던 중 매스컴을 통해서 게임의 폐해가 세상에 보도되고 급기야 대통령의 한마디에 일제히 단속이 시작되었다. 게임육성 차원에서 허가했으면서 웬 단속이냐고 협회를 통하여 정부를 압박했으나 피해자가 너무나 많아 역부족이었다. 잠시 문을 닫고 지켜보았으나 별다른 뾰족한 방법이 없었다. 같이 동업하던 김 사장이 한마디 거든다.

"박형! 아무래도 여기서 손 떼야겠습니다. 박형은 곱게 공무원 생활만 오래 했으니 험한 꼴을 못 견디실 겁니다. 그냥 이대로 손 털고 여행이나 다녀오시는 게 좋을 겁니다."

며칠 동안 밤잠을 설친 후 분하고 원통하여 마누라에게 털어놓았다. 마누라는 노발대발했다. 자기와 한마디 상의도 없이 어떻게 전세금을 추가 담보로 그렇게 할 수 있느냔다.

동업자의 말대로 손을 떼고 우리 사이도 손을 떼자고 으름장을 놓는다. 마누라는 다시 용돈을 벌러 손자 손녀를 봐주러 다닌다. 나는 마누라가 주는 대로 용돈을 받아쥐고 그저 공짜로 즐길 수 있는 전철이나 타면서 이곳저곳을 배회하기 시작했다. 몇 달이 지나자 마누라가 여간 무서운 게 아니다. 평생을 벌어서 산 집을 PC방을 차리느라 전세로 바꿨더니 바다이야기를 차리느라 그 전세금을 담보로 또 돈을 빌렸으니…….

2. 첫 만남

천안삼거리 공원 벤치에 앉아 잠시 회상에 잠기다가 때 지난 점심을 먹으러 근처의 식당으로 걸어갔다. '병천순대집' 앞. 아! 누가 그랬지, 천안에는 호두과자와 병천순대가 유명하다구? 여기가 병천이 아닌 것은 알지만 한번 순대를 먹어 보자. 펑퍼짐한 아줌마가 나를 반긴다.

"어서 오세유."

여기저기 둘러보니 한편에선 대낮부터 술손님이 자리하고 있다. 나는 햇빛이 들어오고 공원의 능수버들이 바라보이는 창가에 앉았다.

"이쪽으로 오세요, 난로 옆으로……."

여기가 더 좋아 빙긋이 웃고는 그냥 밖을 바라보았다. 잠시 후 김이 모락모락 나는 순대국밥 한 그릇이 나왔다. 약간 허기진 상태에서 먹어서 그런지 꿀맛이다. 생전 땀이라곤 모르던 내가 땀까지 흘리면서 맛있게 먹자 아줌마가 반쯤 채워진 소주병과 빈 잔을 들고 내 앞으로 와서는,

"술 한잔하시려우?" 하면서 소주병을 내려놓는다. 요즈음 내 주머니 사정은 말할 수 없이 형편없어 손사래를 치면서,

"저…… 술 안 합니다" 하자,

"이 술은 손님이 남기고 간 잔술인데 그냥 드세요" 하면서 내 맞은편

의 의자에 앉아서 자작한다. 그러자 한편 짝에서 낮술 하는 사람 중의 한 사람이,

"여천댁! 우리도 그런 술 좀 줘봐" 하자,

"삼거리 땅 부자들은 사서 드셔!" 하면서 손사래를 친다. 여천댁? 고향이 여천이로구먼. 여천? 여천? 아! 내가 처음 입사하고 연수원으로 입소하려던 곳? 그때 나는 수십 명의 입사 동기들과 함께 밤 열차로 여수로 내려갔었다. 새벽 서너 시에 도착한 여수! 우리는 근처 대부분 여관에 나누어 묵었었다.

갑작스럽게 들이닥친 우리로 인해 이 방 저 방에 흩어져 있는 반라의 밤거리 아가씨들이 아무런 부끄러움도 없이 우리를 힐끗힐끗 쳐다보며 빈방을 마련해 주었다. 우리는 그들이 신기한데 그들은 떼거리로 몰려든 사회 초년생인 우리가 신기한가 보다. 이렇게 가까이에서의 대면이 처음이었고 가슴은 콩닥콩닥 뛰었다. 다른 동료들도 마찬가지겠지. 기차여행에 모두 지쳐 깊은 잠에 빠져들었다. 대부분 한나절을 그렇게 보냈는데 연수원의 입소 준비가 덜 되어 그날 밤도 각자가 묵고 있는 여관에서 보내야 한다고 했다.

해가 서산으로 넘어가기 시작하자 콧속에 스며드는 진한 분 냄새가 새파란 젊은이들의 가슴을 흔들어 놓기 시작했다. 하나둘씩 유경험자들이 시작하여 들락날락하더니 신출내기들의 호기심을 자극했다. 일을 치르고 나온 반라의 여인들은 전혀 부끄러움도 없이 껌을 짝짝 씹으며 나와서는 묘한 웃음을 던진다. 몇몇 동료들과 나는 지켜보기가 부끄러워 살며시 옆에 있는 동백장 여관으로 놀러 갔다.

그곳에 들어서자 약간 짧은 치마에 검은색 정장 차림의 여인이 활달하게 전화를 받고 있었다. 통화를 끝낸 후 작은 핸드백을 들고 굽이 높

은 하이힐을 신고 밖으로 나가는데 그 모습이 너무나 당당하고 멋있게 보였다. 그곳의 동료들은 섯다와 도리짓고땡을 하고 있었는데 기웃기웃 구경하다가 다시 역전여관으로 돌아왔을 때 나에게 전보가 와 있었다.

'서류착오급귀경28일한'

28일까지 올라오라는 전보였다. 나 말고도 서너 명이 더 있었다. 주위의 동료들은 무슨 빽이 있느냐며 호들갑을 떤다. 빽은 무슨 빽! 다른 연수원으로 보내겠지! 다음 날 동료들은 시내버스를 타고 연수원으로 떠났고 전보를 받은 이들은 다시 서울로 올라갔다. 난 하루를 더 머물다 가기로 마음을 먹고 늦은 아침 식사 후 오동도로 향했다. 파도가 바위에 부딪쳐 물보라를 일으키는 기다란 방파제를 지나 아담한 섬에 도착했다. 온 섬의 대부분을 동백이 장악한 듯 온통 푸르고 새빨갛다.

아직도 흰 눈이 남아 있는 곳에서 새빨갛게 불타오르는 동백! 동백은 선홍색의 핏빛같이 애처롭도록 아름다웠다. 그때 높은 관료처럼 보이는 노신사들 틈에서 동백처럼 돋보이는 아름다운 한 여인이 눈에 띄었다. '아! 어제 그 동백장의 멋쟁이 아가씨!' 나는 멀리서부터 그 여인을 따라다녔다. 호탕하게 웃기도 하고 주위의 풍광에 대해서 열심히 설명하기도 하면서 길을 안내하고 있었다. 이윽고 커다란 일식집으로 들어간다. 한참 동안 나는 우두커니 그녀가 들어간 자리를 쳐다보며 서 있었다.

그런 곳이 여수였는데……. 그 근처의 여천댁이라……. 멍하니 옛 추억을 생각하며 순대국밥을 거의 다 비웠는데,

"아니, 무슨 식사를 그렇게 열심히 드세요? 그나저나 저, 선생님이죠? 맞죠? 내가 관상쟁이는 아니지만 여태까지 한 번도 틀린 적이 없었는데."

"……아닙니다."

단답형의 대답 뒤에 잠시 적막이 흐른다. 낮술 하던 한패는 2차로 민물고기를 먹으러 나가고 둘만이 남았다. 홀짝홀짝 혼자 마시던 술은 거의 바닥을 드러냈다. '한 번만 더 권하면 마시련만…….'

"저 진짜로 술 안 하우? 선생님들은 술 잘 마시던데?" 하면서 빈 술잔을 내민다. 기다렸다는 듯이 나도 모르게 두 손이 쏜살같이 앞으로 나갔다.

"아! 아닙니다. 조금은 합니다." ……아! 오늘날 내가 왜 이렇게 초라해졌는가? 공무원 생활을 할 때 납품업체로부터 귀한 대접을 숱하게 많이 받았었는데……. 소주 한잔에 벌벌 떠는 인사가 되다니…….

나도 모르게 눈물이 핑 돌았다. 술병에 술이 비자 여천댁은 냉장고로 가더니 시원한 사이다와 소주 한 병을 더 들고 나왔다.

"에유, 장사도 안 되는데 같이 술이나 마십시다."

주거니 받거니 하다가 여천댁의 신세 한탄이 시작되었다. 스무 살이 되자마자 한 사내놈을 알게 되었는데 오붓하게 살다가 아들 하나를 낳았단다. 그 일을 시댁에서 알게 되어 아들을 강제로 빼앗기고 쫓겨났다는 것이다. 돈 몇 푼 손에 쥐여 주고…….

그 사내가 의도적으로 아들을 낳아줄 씨받이로 생각하고 접근한 것을 여천댁은 몰랐다는 것이다.

"두 번째 남편은…… 남편은……."하고 말을 잇지 못하다 "에이 나쁜 놈……."하면서 말을 끊는다. 말하고 싶지 않은가 보다. 나도 질세라 내 신세를 한탄했다. 잘 나가던 공무원 생활 뒤에 PC방이며 바다이야기로 폭삭했다는 이야기까지……. 마누라에게도 털어놓지 못한, 가슴에 품은 얘기들을 토해내니 묵은 체증이 쑤욱 내려가는 듯했다. '아! 남자

에게도 수다는 필요한 것인가?'

몇 주 후 다시 천안삼거리의 그 병천순대집을 찾았다. 여천댁은 내가 들어온 것도 모르고 난롯가에서 속바지가 보이도록 한쪽 다리를 의자 위에 올려놓고 꾸벅꾸벅 졸고 있었다.

"국밥하고 소주 하나 주세요." 그 소리에 깜짝 놀라 벌떡 일어난다.

"아! 선생님 오셨어요?"

"듣기 민망하네요. 그 선생님 소리는 빼시죠." 지난번에 얻어 마셨으니 이번엔 내가 사야지. 서너 순배씩 돌자 여천댁이,

"휴……."하며 긴 한숨을 내쉰다.

자초지종을 물어보니 다음 주에 한 분밖에 안 계신 작은엄마의 팔순인데 언제 돌아가실지도 모르기에 이번엔 꼭 가고 싶다는 것이다.

"식당이야 문 닫고 가면 되잖아요?" 고개를 설레설레 흔든다. 고향에 혼자 가기는 죽기보다 싫다는 것이다. 뭐 그리 대단한 부탁도 아닌 것 같아서 나도 되느냐고 물어보았다. 대답 대신 환한 미소를 지으며 두 손으로 정성스럽게 소주 한 잔을 따른다. 그러나 걱정이다. 지금의 내 현실로선 용돈이 턱없이 부족하기 때문이다.

● 3. 동행

모처럼 만에 장거리 기차여행이다. 차창 밖은 눈이라도 한바탕 쏟아지려는지 찌뿌둥하다. 기차가 조치원과 대전을 지날 때까지 서로 말이 없었다. 마침 음료수와 과자를 실은 카트가 지나간다. 여천댁이 나지막한 목소리로,

"저 선생님! 나 소주 한 잔만 사주세요……."하기에 나도 나지막한 목소리로,

“안주는요?”하고 물었더니,

“오징어와 땅콩요…….” 그러나 오징어는 있는데 땅콩 안주가 없었다. 할 수 없이 안줏감으로 보이는 봉지를 하나 골랐다. 뜯어보니 자그마한 삶은 밤이었다. 여천댁이 한마디 거든다.

“이건 중국산이에요.” 여천댁은 자기가 음식점을 오래 해서 잘 안다는 것이다. 중국산들은 대개가 큼직큼직하던데 이렇게 자잘한 것도 있구먼……. 서로 한 잔씩 따른 후 건배를 했다. 목이 탔는지 소주가 입에 착 달라붙는 게 아주 달콤하고 좋았다. 여천댁이 나의 빈 잔에 소주를 따르면서 한마디 더 한다. 자기는 기차를 타면 꼭 오징어와 땅콩 안주에 소주를 마시고 싶었는데 그동안 동행이 없어 그리하지 못했단다. 내가 자기의 소원을 들어주었다고 소녀처럼 좋아한다.

“말끝마다 선생님, 선생님 하는데 선생님이 그렇게 좋아요? 나는 선생님이 무섭고 어렵기만 하던데…….”

“난 공부엔 별로 취미가 없었지만, 학교 다닐 때 남자 선생님이 좋았어요, 늘 아버지 같았거든요.” 여천댁은 어렸을 때부터 아버지의 사랑을 듬뿍 받고 자랐나 보다.

둘이서 한 병을 다 비웠다. 이런저런 얘기로 재잘거리던 여천댁은 어느새 새근새근 잠이 들었다. 펑퍼짐한 몸매에 큼직큼직한 이목구비 오늘은 귀엽기까지 하다. 두 번이나 결혼에 실패하고 결혼 초기에 아들 하나 있는 것 생이별한 후 지금은 어디서 사는지 생사조차 모른단다. 아니 찾을 엄두조차 못 내는 것 같다.

이렇게 가까이에 외간(?) 여자의 잠자는 모습을 바라보다니……. 오랫동안 기댄 여천댁의 머리 때문에 이젠 한쪽 어깨가 저린다. 살며시 머리를 밀었지만 이내 되돌아왔다. 불편한 자리일 텐데도 잘도 잔다. 안

쓰러운 마음이 들어 아예 팔베개를 해주고 바깥의 경치를 바라봤다. 눈이 내리고 있었다. 제법 펑펑 쏟아진다. 깨워서 같이 볼까? 망설이다가 잠자는 모습이 너무나 평화스러워 나만 가만히 눈 구경을 했다. 그러나 나도 언제부턴지 깊은 잠에 빠져들었다. 한참을 그렇게 자고 있는데 마주 보고 있는 앞자리에서 두런두런 소리가 들렸다.

"야! 노친네들이 너무 다정스럽지 않냐? 히히, 침 흘리며 자는 것이 흠이지만……." 그 소리에 잠이 깬 나는 순간적으로 내 입을 훔쳤다. 나 때문에 여천댁도 깜짝 놀라 깬 뒤 입가에 흐르는 침을 닦아낸다. 내가 뒷주머니에서 손수건을 꺼내 여천댁에게 건네자 여천댁은 고개를 숙인 채 입을 나의 손수건에 대었다. 순간 내가 멋쩍어하자 여천댁은 손수건을 집어다 자기 입을 닦고는 머리로 내 가슴을 살짝 치받았다.

"오! ……." 앞에 있는 아가씨들이 소리를 내며 마주 보고 웃는다. 노인네들이 주책없다는 표현이겠지.

우리는 여천역에서 내렸다. 그리고 시내버스를 타고 한참을 가다 산모퉁이를 돈 후 인가도 없는 어느 버스 정류장에서 내렸다. 나는 커다란 짐 보따리 하나와 김치통 하나를, 여천댁은 작은 보따리와 커다란 손가방을 들었다. 한참을 걸어가자 인가가 보이기 시작한다. 오 리쯤 걸은 것 같았지만 짐 보따리를 들고 가려니 한 십 리 길은 족히 걸은듯하다. 이렇게 멀고 어려운 줄 알았으면 택시를 타고 들어오는 건데……. 이마엔 땀방울이 송골송골 맺혔다. 이윽고 여천댁이 한쪽 집을 가리킨다.

집 앞에선 내 연배쯤 되어 보이는 사내가 한 손으로만 도끼를 들고 장작을 패고 있었다. 오랫동안 그 일을 했는지 솜씨가 보통이 아니다. 여천댁이 다가가자 그 남자가 인사를 한다. 나에게도 인사를 하던 그 남자는 대문도 없는 문으로 들어가 소리친다.

"아주머니! 손님 왔어요……." 곧이어 고등학생쯤 되는 여자아이와 그 옆에 중년 여인, 그리고 여천댁의 작은 엄마로 보이는 노인이 마루에서 내려오고 있었다. 나를 사전에 뭐라 소개했는지 사위 왔느냐며 내 손을 덥석 잡는다. 그 옆에 서 있던 중년 여자도 한마디 한다.

"형부! 먼 길 오시느라 고생했지라? 야! 너도 이모부한테 인사하그라."

그 아이는 그저 말없이 고개만 끄떡인 뒤 부끄러운 듯 자기 엄마의 팔을 잡아당기면서 약간 뒤쪽으로 숨는다. 생각지도 않던 장모와 처제, 그리고 조카가 한순간에 생겨나는 순간이라 등줄기엔 식은땀이 흘렀다. 저녁상은 이미 차려져 있었다. 여천댁이 작은엄마께 절을 해야 한다고 말하자 작은엄마는 상 차려 놓고 무슨 절이냐며 한사코 말린다. 오랜 기차여행 뒤라 그런지 저녁은 아주 맛있었다. 약간 짭짜름한 음식들, 처음 먹어 보는 해물도 있었지만, 전혀 낯설지가 않았다.

식사 후 잠시 소피를 볼 겸 밖으로 나왔다. 어두운 바닷가는 여느 바다와는 다르게 바다 내음보다는 약간 퀴퀴한 냄새가 났다. 바닷가가 공업화 바람에 고유의 비릿한 냄새가 사라졌다. 흉물스럽게 폐어망과 낡은 어구들이 여기저기 나 뒹굴고 있었다. 가로등 불빛에 비친 바닷물은 약간 탁하고 간간이 무지갯빛 기름띠가 보였다. 그렇게 바다를 바라보며 천천히 걷고 있는데 눈이 내리기 시작했다. 그때 누군가가 내 팔을 낚아채더니 팔짱을 낀다. 여천댁이다.

4. 잔정

"설거지는?"

"동생이 자기 혼자 다 한다고 나보고 나갔다 오라네요. 나이 먹더니 철들었어요. 사촌 언니도 챙겨주고……."

"어! 눈이 오네? 눈아 눈아 함박눈아 펑펑 쏟아져라! 온 세상 사람들도 선생님도 아무 데도 못 가도록 펑펑!"

"……."

"날씨는 포근한데 바닷바람은 상쾌하네……."

"난 바다가 싫어……. 작은아버지까지 다 데려간 바다가……."

"……."

둘은 아무 말도 없이 해변을 따라 한참을 걷다가 다시 돌아왔다.

"언니! 데이트하다 왔어? 나 이쁘지?"

"그려, 이뻐! 이뻐서 꽉 깨물고 싶어!"

과일과 몇 가지의 술안주, 그리고 내가 사 온 정종도 내어왔다. 난 소주가 좋은데……. 별로 말이 없는 나 때문인지 어색한 분위기가 계속 이어졌다. 그러던 중 나도 모르게 하품이 나왔다.

"어머 어머, 형부 피곤한가 봐? 내가 이부자리 펴 드려야겠네."

처제가 이부자리를 편 후 내 손을 잡아끈다.

"아니 아직 안 졸린데……." 작은엄마와 여천댁도 나에게 어서 들어가 쉬라고 말한다. 못 이기는 체 처제를 따라 마루를 지나 문간방으로 들어갔다. 들어가자마자 처제는 구석에 있는 재떨이와 담배를 가져오더니 피워댄다.

"아유, 참느라고 혼났네……. 형부! 흉보지 말아요. 그리고 누가 뭐라고 하면 이 담배 형부 거라고 말해주세요."

"……."

"형부! 정혜 언니 어떻게 만났어요?" 무슨 말인지 못 알아들은 나는 고개를 치켜들고 처제를 바라보았다.

"정혜 언니! 윤 정 혜! 형분 각시 이름도 몰라요?"

'아! 그러고 보니 난 아직까지도 여천댁의 이름을 모르고 있었다. 여천댁 또한 내 성은 물론 이름도 모른다. 둘 다 참 무던하다. 서로 물어본 적도 궁금해한 적도 없었으니…….' 대충 얼버무리는데 여천댁이 들어왔다. 내 앞에 바짝 다가앉은 동생에게 질투를 느꼈던지 한 소리한다.

"너! 아직도 담배 피우니? 엄마한테 혼나려구?" 짜증 내듯 동생을 나무란다. 나와 가까이 붙어 있던 처제는 약간 뒤로 물러나 앉으며,

"언니! 쉿" 손가락으로 입을 가리킨 뒤 담배를 재떨이에 비벼 끈다.

"언니! 껌 좀 없어?"

"얘는……. 빨리 나가!"

"에이! 언니가 질투해서 양치질이나 하러 가야겠다!"

이제 방 안엔 둘만이 남았다. 평소에 활달했던 여천댁도 무엇을 어떻게 해야 할지 무슨 말을 해야 할지 몰라 머뭇거린다. 나는 방바닥에 떨어져 있는 머리카락을 주웠다. 그러자 여천댁이 얼른 재떨이를 밑에 댄다. 서로 얼굴이 마주치자 어색한 웃음을 지었다. 잠시 고요가 흐른 뒤 여천댁이 요 밑으로 손을 집어넣으며 방이 차지 않느냐고 묻는다. 대답 대신 그저 고개를 끄덕였다. 곧이어 여천댁은 자기의 어깨를 번갈아 토닥거린다.

"이것보다 더 힘들게 매일 일해도 힘든 줄 몰랐는데 친정에서 일하느라 꾀 나는지 뻐근하네!……."

나는 살며시 여천댁의 뒤로 가서 어깨를 주물렀다. 그러나 여천댁은 한사코 말린다. "누가 봐요!" 나는 개의치 않고 어깨를 계속 주무른 다

음 강제로 엎드리게 했다. 등을 누르자 '우두둑, 우두둑' 소리가 나는데 아프다고 죽는 시늉을 한다. 허벅지에서 발끝까지 천천히 다 주물러주었다.

다 끝났다는 신호로 등짝을 손바닥으로 내리쳤다. "짝……." 그러나 여천댁은 일어나지 않고 계속해서 꼼짝 않고 누워 있었다. 잠시 후에 일어난 여천댁의 눈시울은 적셔져 있었다. 설마 아파서 운 것은 아니겠지?

"혼자 사는 년만 불쌍해요……."

그때 처제가 들어왔다.

"언니! 엄마하고 김 씨가 고스톱이나 치재……. 아니? 언니 울었수? 웬 청승이랑가……."

"나 피곤해, 형부도 피곤하대……."

"에이, 언니! 날이면 날마다 이런 날이 오지는 않잖어. 형부! 맨날 같이 잘 테니까 오늘 하루만 언니를 빌려 가도 되죠? 괜찮죠?" 하면서 여천댁의 손을 잡아끌고 안방으로 들어갔다. 잠시 후 뭐가 그리도 좋은지 웃음소리와 화투 치는 소리가 이쪽 방까지 들린다. 안방 문을 반쯤은 열어놓아 문틈으로 그 모습들이 보였다.

5. 기다림

경운기 사고로 오른팔을 심하게 다친 김 씨는 화투를 아주 깔아 놓고 치고 있었다. 고스톱에 약간 미숙한 여천댁은 김 씨에게 떼쓰는데도 전혀 개의치 않고 분위기를 잘 이끌고 가는 것을 보니 약간 질투심까지 생겼다. 이불을 뒤집어쓰고 억지로 잠을 청해보지만 이젠 피곤함도 다 사라져 잠이 오지 않는다. 여천댁과 같은 방을 쓰리라곤 상상도 못 했었는데 막상 이렇게 되고 보니 기분이 이상야릇했다.

언제쯤 끝나 돌아오려나? 일어났다, 앉았다 하기를 여러 차례 반복했다. 문틈으로 바라본 그들은 너무나 행복해 보였다. 소변도 마렵고 목도 타지만 지금 나가기가 쑥스럽다. 꼭 누군가를 기다리며 안달하는 지금 상황이 예전에 여천 연수 때와 비슷하단 생각이 들었다.

당시 서울로 올라오란 전보를 받고 하루 더 여유가 있어 혼자서 오동도를 놀러 갔다가 동백장의 멋쟁이 아가씨를 보고 난 뒤 나는 다시 여관으로 돌아왔었다. 수십 명의 사람이 북적대던 여관이 쥐 죽은 듯 너무 조용했고, 반라의 여인들도 깊은 수면에 빠졌는지 인기척 하나 들리지 않는다. 방 안에서 멍하니 누워 천장을 바라보았다. 한참을 그렇게 누워 있다가 벌떡 일어났다.

숙소를 이 여관에서 동백장으로 옮겨야겠다고 생각한 것이다. 짐을 주섬주섬 싸 들고 동백장으로 들어갔다. 여기도 수십 명이 북적거리다 다 빠져나가서 그런지 너무나 을씨년스럽다. 동료들이 묵었던 방으로 들어갔다. 전쟁터가 따로 없다. 여기저기 술병과 빈 담뱃갑, 화투들이 나뒹굴고 있었다. 옆방으로 가보았지만, 마찬가지로 지저분하다. 이불 하나를 둘둘 말아 눈을 밀듯이 온갖 쓰레기들을 대충 밀어 버렸다.

한편 짝에 누울 잠자리를 마련한 다음 옷을 입은 채 그대로 누웠다. 밤새도록 시끄러워 잠 못 자고 오동도를 다녀와서 피곤했던지 세상모르게 깊은 잠에 빠져들었다. 한참을 그렇게 자고 있는데 내 가슴을 흔들어 깨우는 이가 있었다.

"총각! 총각! 일어나!" 나는 깜짝 놀라 일어났다. 청소해야 하니 나가 달란다.

"여기서 하룻밤 더 묵으려구요"라고 말했더니 주인아줌마한테 가서 숙박비를 더 내란다. 나는 지갑을 들고 문 옆방으로 갔다.

"아줌마! 나 혼자 하룻밤 더 묵고 갈게요."

아줌마는 숙박표가 그려진 벽을 가리킨 뒤 손을 내민다. 나는 지갑을 연 채로 잠시 머뭇거렸다.

"뭐해? 빨리 줘. 나 손님 밥하러 가야 해."

"저…… 저, 아줌마? 저 복도 끝에 정장 입은 아가씨 있죠?"

"걘 왜?"

"그 아가씨…… 얼마를 줘야 해요?"

"그앤 비싸" 하면서 3배를 더 달랜다.

"힉……." 그 돈이면 거금이다. 월급의 2/3나 하는……. 지갑 속을 보니 좀 부족하다.

"좀 부족한데……."

"무슨 총각이 그런 돈을 깎어……. 그려, 그거라도 내놔."

돈을 지불하고 돌아서는 내 뒤통수에 대고 한 마디 더한다.

"그런데 걘 오늘은 좀 늦을겨……."

근처의 식당으로 가서 저녁을 먹고 다시 동백장으로 들어왔다. 기분이 묘하다. 두근두근 가슴도 뛴다. 좁은 방 안을 왔다 갔다 하다가 주전자의 물도 들이켜 보지만 좀처럼 풀어지지 않는다. 우선 이를 빡빡 닦았다. 몸도 때수건으로 빡빡 문질렀다. 초조함을 달래려 복도 끝에 있는 신문과 잡지책을 가져다 읽어 보지만 눈에 들어올 리가 만무하다. 시계 소리가 기차 지나가는 소리처럼 크게 들린다.

'땡 땡 땡…….' 벌써 9시다. 아줌마가 있는 문 옆방으로 갔다.

"아줌마! 아줌마!"

6. 또 다른 사랑들

"오늘은 늦는다고 했잖어. 조금만 더 기다려봐……."

다시 돌아왔다. 그러나, 너무나 지루하다. 이제는 10시가 가까워져 온다. 다시 문 옆방으로 가서 아줌마를 불러댔다.

"늦는가 비네, 다른 애로 바꾸믄 안 되까나?"

"싫어요!"

"그럼 조금만 더 기다려봐……."

다시 돌아와서 기다려 보지만 그 아가씨는 오지 않았다. 벌떡 일어났다. 무슨 결판을 내든지 안 되겠다.

"아줌마! 아줌마!"

어라? 이제는 대답도 없네! 좀 더 크게 아줌마를 불러봤지만, 대답은 물론 인기척도 없다. 화가 나서 신을 신은 채로 미닫이문을 걷어차면서 아줌마를 불러댔다. 대답 대신 저 멀리 끝방 쪽에서 어떤 큰 소리가 들려왔다.

"어떤 놈이 이 밤중에 행패여……. 시끄러워 잠 못 자겠네……."

나는 조용히 방으로 들어왔다. 벌써 주인아줌마는 어디로 샜나 보다. 분한 마음에 쉽게 잠들지 못하고 이리 뒤척 저리 뒤척이다 겨우 잠이 들었다.

어쩜 그 옛날 여수의 동백장에서 있을 때와 여천댁을 기다리는 지금 이 상황이 이리도 비슷할까? 하는 생각이 들자 피식 웃음이 나왔다. 한참 후에야 겨우 잠이 들었다. 안개가 모락모락 피어나는 한없이 드넓은 설원에서 한 소년이 뛰어논다. 갑자기 눈보라가 몰아치자 한 소년은 웅크리며 벌벌 떠는데 내 몸도 추워졌다. 잠시 후 부드러움과 따뜻함이 내 몸을 감싸 안았다. 그런 후 숨쉬기가 답답해졌다가 다시 회복되었다. "푸 푸 푸 푸후……."

새벽녘 옆에서 부스럭거리는 소리가 들려 눈을 뜨니 여천댁이 머리를 손질하고 있었다. 깜짝 놀라 상체를 일으켰다.

"왜 더 자지 않구요?"

"언제 들어왔어요? 들어왔으면 깨우지……."

"얼마나 더 깨워요? 내가 막 흔들어도, 이불을 걷어치워도 세상모르고 자고 있었으면서……."

이불을 걷어치웠을 때 내가 꿈틀거리며 벌벌 떨더란다. 우습기도 하지만 안쓰러워 다시 이불은 덮어주고 살짝 안았더니 애들처럼 새근새근 잠을 자기에 얄미워서 코를 두어 번 잡았다 놓았다고 한다.

'아! 그래서 그런 이상한 꿈을 꾸었구나. 그런데 이게 뭐야? 나도 모르는 사이에 한 이불을 덮고 잔 거야?' 잠귀가 밝아 주위에서 부스럭거리기만 해도 잠을 설치는 나인데 좀 피곤하다고 세상모르고 잤으니…….

"좀 더 주무세요……." 여천댁이 일어나면서 좀 더 자라고 말은 했지만 더 이상 잠은 오지 않았다. 대충 옷을 주워 입고 앉아 있었다. 그때 여천댁 작은엄마의 역정 내는 소리가 들렸다.

"뭐? 떡 배달차가 사고 나서 못 온다구? 그럼, 너라도 얼른 가서 가져와!"

오늘 새벽에 떡 배달차가 눈길에 미끄러져 사고가 나서 못 온다는 전화를 받은 모양이다. 그래서 처제가 발을 동동 구른다. 김 씨가 가서 가져왔으면 좋으련만 김 씨는 지난밤에 술을 너무나 많이 마셔 곯아떨어져서 갈 수 없었다.

"형부! 오토바이 탈 줄 알아?" 나보고 버스 정류장까지만 태워주면 알아서 가져오겠단다. 밖에 세워 둔 김 씨의 오토바이는 여러 차례 시도 끝에 겨우 시동이 걸렸다. 겨울철이라 오토바이의 엔진이 얼어붙어 시동이 쉽게 걸리지 않았다.

뒷자리에 앉은 처제는 내 엉덩이 뒤의 손잡이를 잡았다. 스르르 미끄러지는 오토바이! 새벽바람을 가르며 지나가는데 장갑을 끼고 화이바를 썼지만 보통 추운 게 아니다. 윗니와 아랫니가 딱딱딱 소리를 내며 부딪쳤다. 살을 엔다는 추위가 이런 것이겠지? 생각조차 얼어버릴 즈음 등으로부터 뜨거운 열기가 전달되기 시작했다. 처제가 등 뒤에서 나를 꽉 껴안은 것이었다. 온 신경이 등 뒤로 몰려 추위도 잊은 채 버스 정류장에 도착했다.

"형부 미안해, 미안해……."

처제는 얼굴이 빨개진 상태로 반대편 버스 정류장까지 뛰어갔다.

나는 오토바이를 타고 다시 돌아왔지만 돌아오는 내내 추위를 느끼지 못했다. 도착해서도 처제의 두 가슴이 닿았던 내 등에서 부드러움과 뜨거운 여운이 한참 동안 남아 있었기 때문이었다.

거나하게 잔치를 치르는 줄 알았더니 동네 사람들을 위한 조촐한 아침상이 전부였다. 지금은 30가구도 채 안 되지만 옛날에는 100호도 넘는 큰 동네였단다. 식사하러 온 사람들은 나를 힐끔힐끔 쳐다본다. 누군지 되게 궁금한가 보다. 동네 손님들이 모두 돌아가고 마땅하게 몸 둘 곳을 몰라 집 주위를 어슬렁어슬렁 둘러보았다.

내가 이 집의 사위도 아니요, 그렇다고 사위가 아닌 것도 아닌 참 입장이 애매모호하다. 뒤곁에서 두런두런하는 소리가 들려 고개를 내밀고 살짝 보았더니 김 씨가 커다란 솥이 걸려있는 아궁이에 장작을 지피고 있었고 그 옆에 여천댁이 앉아 웃으면서 담소를 나누고 있었다. 그쪽으로 가려 했으나 김 씨가 나의 발길을 막았다.

김 씨가 여천댁의 볼에 뽀뽀를 한 것이었다.

7. 향일암에서

여천댁은 볼을 닦아내며 주위를 두리번거렸고 나는 모퉁이에서 다시 고개를 들이민 채 뻣뻣하게 굳어있었다.

모든 손님의 접대가 끝난 후 여천댁은 어디를 들를 때가 있다면서 집을 나섰다. 마침 동네에 들어온 택시가 있어서 우리는 그 택시를 탔다.

"기사 아저씨! 향일암요……."

여수에 유명한 사찰이 있다고 하던데 그리로 가는 모양이구먼……. 택시가 돌산대교에 다다르자 밤에는 시시각각 조명이 바뀌어 야경이 환상적이라고 관광 안내까지 한다. 돌산대교를 지나자 꾸불꾸불 산길이 나왔다. 카레이서 출신인지 곡예를 하듯 고속으로 질주한다. 이리 쏠리고 저리 쏠리자 여천댁이 기사에게 천천히 가자고 말한다.

"이건 빠른 것도 아닌데……."하면서 차의 속력을 줄였다. 그러면서 멀미는 하지 않느냐고 묻는다. "택시를 타도 멀미를 합니까?"하고 내가 물어보았다. 그랬더니 지금까지 멀미하는 손님을 여럿 보았단다. 횟집들이 즐비한 곳에서 택시는 멈췄고 우리는 거기에서 내렸다.

"저쪽으로 올라가면 향일암입니다. 뭐든 소원을 빌면 이루어진다는……."

수많은 계단을 오르는데 숨이 턱까지 차오른다.

'아! 나이는 못 속이겠다.' 쉬엄쉬엄 올라갑시다. 뭐 급할 것도 없으니……. 날씨가 따뜻하여 어제 내린 눈은 많이 녹았지만 그래도 잔설위에 동백꽃 몇 송이가 떨어져 있었다.

"선생님! 저기 동백꽃 좀 봐요!" 나무를 올려다보니 한 나무에 대여섯 송이씩 피어 있었다. 그 옛날 오동도에서 보았던 눈 속의 동백꽃보다 애처롭지는 않았지만……. 아직 동백꽃이 피어 있지 않았을 거라는 택시기사의 말을 들은 터라 기대하고 있지 않았는데 새빨갛게 피어 있어 옛 님을 본 듯 반가웠다.

여천댁과 계속해서 계단을 오르는 중에 "정혜 씨!"하고 여천댁의 이름을 불렀다. 여천댁은 의아해하는 눈빛으로 나를 바라본다.

"우리 정식으로 인사합시다. 나 박진혁이오." 하면서 손을 내밀자 쑥스러운 듯 고개를 옆으로 돌리며 손을 내민다.

"윤정혜라 하옵니다." 그리고 서로 걷기만 할 뿐 서로 말이 없었다.

드디어 암자 앞에 도착했다. 해를 바라본다는 뜻의 향일암! 늘 새해마다 해맞이하러 오는 인파로 발 디딜 틈이 없다는 곳인데 구름이 끼어있어 한낮인데도 태양이 보이지 않았다. 조그맣고 아담한 대웅전 앞! 여천댁이 옆문을 통하여 들어가더니 나보고도 올라오란다. 내가 손사래를 치자 혼자서 삼존불에서 삼배, 그리고 뭔지는 잘 모를 양쪽에 대고 각각 삼 배씩 하고 내려왔다. 다시 산 위쪽에 있다는 암자로 올라갔다. 바위와 바위의 틈이 좁아서 양쪽 통행이 힘든 그런 곳이 많았다. 이곳저곳 둘러보고 절 아래로 내려오는데,

"뭘 빌었는지 말해볼까?"

"……."

"우리 엄마나 다름없는 작은엄마 건강하시라구. 그리고 잠시나마 내 애인 해준 선생님 사업 잘되게 해달라구……."

'아뿔싸!' 뒤통수를 얻어맞은 기분이다. 난 여천댁을 위해 아무것도 해준 게 없는데……. 불전함에다 돈 몇 푼이라도 넣고 올걸…….

왜 그런 생각을 못 했을까? 사업 관계가 어렵다고 난 나는 물론 남을 둘러볼 여유가 없이 살고 있구나……. 남을 위해서 뭔가를 빌어주는 여천댁이 나보다도 훨씬 더 여유로운 삶을 살고 있다는 생각이 들어 좀 부끄러웠다. 살며시 여천댁의 손을 잡았다. 여천댁도 그런 나의 손을 뿌리치지 않고 꽉 잡았다.

이런저런 얘기를 하며 내려왔더니 어느새 밑에까지 다 내려왔다. 바다가 보이는 횟집에서 된장 매운탕으로 점심을 마치고 오동도행 시내버스에 올랐다. 여천댁이 재빠르게 먼저 올라타고는 바다 쪽이 보이는 자리를 맡아 놓고 있었다. 자리에 앉지 못하고 서 있는 사람들이 많았다.

시내버스는 천천히 출발했다. 아침부터 약간 아팠던 두통 증세는 점점 더 심해지고 멀미까지 하려는지 속이 매슥거린다. 아까 택시로 올라올 때 멀미를 했나? '어허이 참' 참을 때까지 참아보자. 나의 안색이 이상했던지 여천댁은 내리잔다. 조금만 더 참아보자. 별것도 아닌 이까짓 걸 가지고 내릴 수야 없지. 그러나 버스가 돌출부위를 넘을 때 나도 모르게 토하고 말았다. 여천댁이 내 물품을 준비해 준 종이 가방 그 안에다……. 몇 가지 여천댁의 물건도 같이 있어서 얼른 빼내어 여천댁에게 전해주었다.

"괜찮아요? 괜찮아?"

손으로 괜찮다고 제지하고 화장실이 있을 것 같은 여수 시내의 진남관 근처에서 내렸다.

종이 가방을 대충 정리하고 버릴 것은 버렸다. 여천댁은 한참 후에 나왔다. 내 종이가방에 넣어 두었던 물건들을 씻거나 빠느라 늦어진 것 같았다. 둘은 말없이 여수역 쪽으로 걸어갔다. 노점상에서 여천댁은 지갑 하나를 고른다.

"선생님! 아까 택시비를 낼 때 보니까 낡은 것 같아서요."

평소에 들고 다니는 것보다 크고 묵직하다. 좀 불편하겠는걸……. 나도 재빠르게 머플러 하나를 골랐다. 아까 내가 종이 가방 속에 토할 때 그 속에 여천댁의 머플러가 들어있어 미안했기 때문이었다.

"선생님! 빨간색요! 빨간색! 지금 잡은 그 옆에 있는 걸로……."

'이건 좀 촌스러운데…….'

"아! 이렇게 빨간 걸 가지고 싶었는데……." 그러더니 곧바로 목에 걸친다.

"선생님, 고마워요."

걸어서 여수역까지 갔다. 여천댁이 대합실로 들어간다.

"아니? 작은엄마한테 인사도 없이 올라가게?"

"아까 다 인사한 거야……." 언제부턴지 서로가 반말이다. 여천댁은 쏜살같이 매표소로 가더니 서울행 기차표를 끊으려 한다.

"난 영등포에서 갈아타야 돼."

"영등포 하나요……."

"하나만? 왜 안 올라가게?" 여천댁은 빈 의자가 있는 곳으로 내 손을 잡아끌고 갔다.

"선생님! 혼자 올라가야 되겠어요."

"……."

"사실…… 사실 나 청혼했어요. 김 씨한테……. 김 씨도 나와 똑같은 처지거든요."

"……."

전혀 예상하지 못한 일이다. 너무나 뜻밖이었다.

'그랬구나, 어쩐지 서로의 눈빛이 이상하더라…….'

"축하해요. 잘됐네요."

올라오는 새마을호 안에선 내내 우울했다. 뭔지 알 수 없는 허전함이 나를 엄습했다. 대전쯤 지나자 창밖에 흰 눈이 펑펑 쏟아진다. 여천댁이 바라는 함박눈이 펑펑 쏟아진다. 세상 사람들의 발목을 꽁꽁 붙들어 달라던 그 함박눈! 나는 영등포에서 내려 부천으로 가는 전철로 갈아타고 집으로 돌아왔다. 집에 들어가자 마누라가 평소와 다르게 반색을 한다.

8. 한낮의 꿈이기를

"아니 여보! 이틀 동안 어딜 갔었길래 핸드폰도 안 받아요? 손님들이 와서 내내 기다리다 이 봉투를 주고 갔어요."

"핸드폰? 나 집에다 두고 갔는데……."

동업자가 주었다는 봉투를 뜯었더니 수표 한 장이 나왔다. 일, 십, 백, 천, 만……. 아니 한 푼도 없을 거라더니 이게 웬 거금이야? 뒤에는 간단한 메모가 붙어 있었다.

'박형 모든 걸 처분하고 좀 남았어요. 3등분을 하여 나누었으니 너무 섭섭하게 생각지 마시오. 여러 차례 전화해도 안 받아서 직접 이렇게 전합니다' 어쨌든, 마누라에게 체면이 섰다. 좀 작은 전세로 갈지언정 월세는 면하게 생겼다. 그로부터 한 보름쯤 후 어느 날 눈이 펑펑 쏟아졌다.

"아! 함박눈이네."

마누라는 용돈을 벌러 외손주를 봐주러 나가고 나는 며칠째 집 안에만 틀어박혀 있었다. 나갈 채비를 하고 천안행 급행 전철을 탔다. 눈 내리는 천안삼거리 공원 앞. 인적이 없어서 그런지 황량한 사막 같았다. 나도 모르게 병천순대집 앞으로 갔다. 출입문 유리창엔 '세놓음'이란 종이쪽지가 붙어 있었다. 한참을 넋 놓고 바라보다 가까이 가서 안을 들여다보았다. 아무도 없이 썰렁하다. 잠시 망설이다가 옆에 있는 식당으로 들어갔다.

"순대국밥 하나요……."

"여기 순대집 아닌디……. 다른 거 시켜유."

"아무거나 주세요" 음식 준비를 하는 주인아줌마와 친구인 듯한 손님은 멈추었던 대화를 계속한다.

"옆집 여천댁 있잖어, 알지?"

"아! 알다마다!"

"아 글쎄, 이번에 사기당할 뻔했다! 바다 얘긴가 뭔가를 하다가 쫄딱 망한 놈이 여천댁한티 들러붙어서 몇 푼 되지도 않는 것 해 처먹으려고 했다네, 얼마나 끈질긴지 여천댁 고향까지 쫓아갔대지 아마?"

"그래? 그래서!"

"고향 후배인 홀애비하고 결혼을 해서 겨우 떼 놨데! 근디 그 홀애비는 술만 처먹으믄 여천댁을 때린다네……."

'아……'

내온 음식이 무엇인지 무슨 맛인지 그냥 꾸역꾸역 집어넣다가 반쯤 먹었을 때 수저를 놓고 일어났다. '아닐 거야, 아닐 거야. 그 착하게 생긴 김 씨가 여천댁을 때릴 리가? 아마 전처를 때렸었다고 들었는데 그것이 와전된 걸 거야. 나와 여천댁의 소문이 엉터리인 것처럼……'

한낮의 서울행 전철 안은 한산하다. 기분도 꿀꿀하고 모처럼의 외출이라 그런지 졸음이 엄습했다. 자리에 앉아서 머리를 뒤로하고 눈을 감았다. 그렇게 한참을 가는데 갑자기 전철이 급정거하는 바람에 나는 바닥으로 내동댕이쳐졌다. 주위에는 사람들이 많지 않았지만 그래도 몹시 창피했다. '조금 전에 삼거리구, 여천댁이구, 향일암이구 하던 것들이 떠올랐는데 그것들이 꿈인가? 꿈이겠지? 지금까지 있었던 모든 것이 가물가물한데 다 꿈일 거야! 맞아 꿈이야! 꿈!'

'……'

"승객 여러분 죄송합니다. 갑작스러운 폭설로 인하여 급정거를 하게 되었습니다. 잠시 후 복구되는 대로 출발하겠습니다. 다시 한번 말씀드리겠습니다. 승객 여러분 죄송합니다 ……."

終

[여자소설]

일탈

"여보! 소파 옆에 있는 글 좀 읽어봐. 내 친구가 쓴 글인데 남자가 읽어본 느낌을 듣고 싶다네."

소파에서 옆으로 누운 채 신문을 보고 있던 남편은 내가 큰 소리로 얘기를 했는데도 못 들은 척한다. 내가 가까이 가서 테이블 위에 놓인 A4 용지를 집어 들자 손가락으로 콧구멍을 파다가 마지못해 손을 내민다.

"당신 친구? 누구?"

"누구라면 알아요?"

"당신 친구 중에 누가 글을 써?"

"또, 또, 또 나를 무시해! 나도 이런저런 유식한 친구들 많아요!"하고 테이블에 다시 던져놓고는 하다 만 설거지를 하러 갔다. 한참 후 남편은 내가 놓아둔 그 글을 읽기 시작한다. 입을 삐죽거리기도 하고 고개를 좌우로 흔들기도 하더니 휙 집어던진다.

"아니? 왜 집어던져요? 어때요?"

대답이 없이 다시 신문을 집어 들었다. 내가 신문을 낚아채고는 다시 채근했다.

"어·떠·냐·구·요?"

"역겨워! 역겨워서 못 보겠어!"

'역겹다구? 그럼 잘 썼다는 건가? 아님 못 썼다는 건가?'

● 1. 어느 날……

IMF 사태가 지나고 6~7년 후쯤 된 어느 날, 남편은 서울의 무역회사에 근무하다가 외국계 회사로 합병되는 바람에 그만 버티지를 못하고 사표를 내고 말았다. 애들 대학 졸업할 때까지만이라도 버티라고 했건만, 큰아이는 수원으로 작은 아이는 대전으로 대학을 다니기에 조금이나마 살림에 보태려고 나도 생활전선에 뛰어들었다.

아가씨 때 사무실에 근무한 경험이 있었기에 오빠 친구가 하는 건축설계사무소에 쉽게 들어갔다. 그러나 몇 년도 지나지 않아 열 명 가까이 되는 직원들 대부분 그만두고 사장과 나 그리고 설계사 1명만 남았다. 천안은 경기가 좋은데 왜 우리 사무실만 일거리가 없는지 모르겠다.

어쨌든 요즈음은 월급의 반도 못 가져갔다. 그래도 딱히 어디 갈만한 데가 없던 나는 그냥 그 돈만 받고 다녔다. 그러던 어느 날 팩스로 견적서를 보내야 하는데 우리 팩스가 또 말썽이다.

"아휴! 누가 아직도 이런 두루마리 용지를 사용하는 팩스를 써? 바꿔도 벌써 바꿔야 하는데……." 지금 자금 사정이 뻔하기에 사장한테 얘기도 못 하고 속으로만 툴툴거리다 위층의 보습학원으로 갔다. 사무실엔 아무도 없었다. 선생님들이 모두 수업하러 들어갔나 보다.

그냥 내가 알아서 팩스를 보낼 수도 없고 그저 서성이는데 한 책상 위에 지저분하게 널브러져 있는 서류가 눈에 들어와 몇 장을 집어 들고 살펴보았다. 여천댁이 어쩌고저쩌고 삼거리의 병천순대가 어쩌고저쩌고하는 내용이다. 다시 다른 종이를 집으려는 순간 갑자기 큰소리가 나를 제지했다.

"아니! 누가 함부로 거기에 손대요?"

"으이! 깜짝이야!"

2. 나도 같이 가요

고개를 돌려보니 이 학원의 강 선생이다. 그저 오다가다 인사만 하는 사이지만 학원생들에게 다정다감한 선생이란 걸 알고 있었다.

"안녕하세요."

"난 또 누구라고……."

"우리 팩스가 고장 나서 팩스 좀 쓰려구요."

"아, 그러세요? 예, 쓰세요."

"이 팩스 사용할 줄 모르는데……." 그러자 강 선생은 나에게 다가왔다.

내가 보낼 서류를 건네자 가지런히 정리하더니 투입구에 넣고는 팩스 번호를 누르란다. 팩스를 보내고 나서 아래층인 우리 사무실로 내려왔다. 잠시 후 강 선생이 우리 사무실로 들어와서는

"팩스가 고장 났다구요?"하고 물으면서 팩스 있는 곳으로 가서는 이리저리 살펴본다. 전원도 껐다 켰다 해보기도 하고 공급 용지 커버도 열었다 닫았다 하더니,

"아! 요놈 때문이었네요!" 하면서 찢어진 종이 쪼가리 하나를 들어 올린다.

나는 고마워서 얼른 차 대접을 하려고 커피믹스를 뜯자,

"커피만 빼고 아무거나 주세요." 내가 홍차를 타가면서 고맙다고 하자,

"아이, 뭘요. 별로 한 일도 없는데요. 참, 아까는 큰소리를 쳐서 미안했습니다."

"괜찮아요. 그렇지만 갑작스러운 큰소리에 깜짝 놀랐어요. 무슨 글을 쓰시나 봐요?"

"아? 별건 아니구요 심심해서 좀 끄적거리는 중입니다."

"무슨 여천댁이니, 병천순대니 하는 걸 보니 소설인가 봐요?"

"아니 그 짧은 시간에 그런 내용까지 다 봤어요?"

"그냥 눈에 띄는 것만 봤는데……."

"……."

잠시 적막이 흐르더니 그가 다시 입을 열었다. 명퇴한 공무원이 사업을 하다 망한 뒤 천안삼거리에 놀러 가서 근처의 병천순대집을 하는 여천댁이란 아줌마와 이뤄지는 그렇고 그런 내용이란다.

"아! 그럼 러브스토리네요? 왠지 재미있을 것 같아요"

"예 맞습니다. 제목도 '로맨스 그레이'입니다. 사실은…… 사실은 거기에 나오는 여천댁은 지금 내 앞에 앉아 있는 여사님을 모델로 삼았습니다. 통통하고 성격이 밝으신 것이 비슷한 것 같아서요." 그 소릴 듣는 순간 갑자기 내 얼굴이 화끈거렸다. 기분도 묘해진다. 내가 어떤 글 속에 모델이라니…….

"그렇지만…… 내가… 내가…… 식당 아줌마라…… 좀 그러네요……."

"아! 죄송합니다. 공주나 왕비로 해드려야 되는데……."

"뭘요, 죄송스럽기까지……."

"이제 막 시작했지만, 머릿속 구상은 대충 끝났습니다. 중간에 들어갈 내용은 이번 주말쯤에 여수에 다녀와서 정리할 생각입니다." 그의 말이 떨어지기가 무섭게 내 의지와는 전혀 상관없는 말이 튀어나왔다.

"그래요? 그럼 나도 같이 가요……."

● 3. 기차여행

강 선생과 떠나기로 한 날이다. 천안에서 1시 반경에 출발하는 여수행 무궁화호! 시간이 가까워질수록 초조해진다. '괜히 간다고 했나 봐…….'

"웅~~~웅~~~웅~~~" 핸드폰의 진동이 울린다. 강 선생이다. 지금 수원을 지났으니 늦지 않게 천안역으로 나오라는 전화다.

'같이 여행 갈 정도로 가까운 사이도 아닌데……. 무슨 핑계를 대고 안 간다고 해볼까? 아니… 아니……. 아니지, 내가 같이 가자고 해놓고…… 이제 와서…….' 팔짱을 끼고 이리저리 왔다 갔다 하기를 여러 차례!

에이, 모르겠다! 무슨 일이 있겠어? 택시를 타고 서부역으로 향했다. 화장실도 두어 번 갔다 왔지만 시원하지가 않았다. 여수행 무궁화호가 도착했다. 알려준 3호차 객실로 들어서자, 강 선생이 중간쯤에서 손을 흔든다. 나를 창 안쪽으로 앉으라고 자리를 양보한다.

"이렇게 나와 주셔서 감사합니다, 정 여사님!"

"강 선생님! 왜 나보고 정 여사라고 하는 거예요? 난 정 씨도 아닌데……."

"그럼 정 여사님 아녜요? 그쪽 사장님이 '정란이! 정란이!' 하고 부르는 것 같던데……." 순간 나는 웃음이 터져 나왔다. 우리 사장은 내 오빠와 친군데 어릴 때부터 알던 사이라 아무 데서나 내 이름을 부르곤 했다. 내가 사장보다도 먼저 결혼해서 두 애가 벌써 대학에 다니기에 이제는 이름을 부르지 말라고 했건만 말을 듣지 않는다.

"아……. 정란이는 내 이름이구요. 성은 우갑니다. 우 정 란!"

그러자 이번엔 그가 웃는다. 나는 그가 웃는 이유를 알고 있었다.

"내 이름이 우스워서 웃는 거죠?"

"예…… 좀 그러네요……. 무슨 계란 이름같이……." 우정란을 유정란으로 생각한 게지.

"그래요. 우리 큰언니는 왕란이구요! 내 밑에 쌍둥이는 쌍란이예요!" 그러자 강 선생은 정색하며 "예? 정말요?" 하며 내게 묻는다.

"아이고, 선생님! 순진하시긴, 농담이에요, 농담!" 날 비웃는 것 같아서 농담 좀 했더니 기분이 풀렸다.

"그럼 앞으로 우 여사님으로 불러야 되겠네요?" 그런 후 서로 한참을 말없이 있다가 그는 자기가 쓴 글을 나에게 건넨다. 연필로 휘갈긴 글씨는 잘 알아보기 힘들다. 작은 종이 쪼가리에도 썼고 이면지에도 쓰인 글들은 찍찍 그어서 지운 부분이 너무나 많아 도대체 읽기가 어려웠다.

"좀 읽기가 불편하죠? 좀 더 정리해서 가져와야 되는데……. 그럼 내가 읽어 드릴게요."

오랜 공무원 생활을 하다 명퇴한 진혁이란 사람이 이것저것 손대다 바다이야기란 성인오락실까지 하게 되었단다. 그러나 그마저도 잘못 엮여 쉴 겸 여기저기 돌아다니다 천안삼거리까지 오게 되었는데 삼거리 근처에서 병천순대집을 하는 여천댁을 만나게 되었단다.

어느 날 그 여천댁이 작은어머니의 생신 잔치를 앞두고 걱정하는 한숨을 내쉬자 선뜻 진혁이 동행해 준다는 이야기였다.

"흐흐, 그럼 지금 나는 내 작은엄마 생신에 가는 거네요?"

"예, 우 여사님. 그런 셈입니다."

기차는 조치원을 지나고 대전을 지나자 빈자리가 채워지고 서 있는 사람들도 점점 늘었다. 우리는 글 속의 내용을 도란도란 얘기하는데 우리 앞자리에 서 있던 한 아줌마가 자꾸 우리를 힐긋힐긋 쳐다보는 것 같다.

"저, 강 선생님! 우리 그만 얘기해요. 저 앞에선 아줌마가 자꾸 우릴 쳐다보네요. 그리고 날 우 여사라고 부르지 말고 수민 엄마라고 불러줘요."

나지막한 목소리로 부탁하자 그도 작은 목소리로 "예, 수민 엄마!" 한참을 별말 없이 앉아 있는데 홍익회 카트가 지나간다. 그때 강 선생은 뭔가가 생각난 듯이 "아! 여천댁 소원 중에 기차 안에서 소주를 마시는 게 있었는데……."하고 말한다. 다시 홍익회 카트가 돌아오자 강 선생은 나에게 소주 한잔하자고 물어보는데 나는 고개를 가로저었다.

그러나저러나 카트 안에는 소주가 없었다. 강 선생이 캔맥주 하나와 음료수, 그리고 오징어 한 마리, 땅콩 대신 자잘한 찐 밤을 샀다. 나는 맥주 대신 음료수를 마셨다.

'미안해요……. 대작하지 못해서…….'

4. 여수 여행 1

말없이 앉아서 창밖을 바라보다가 잠이 들었다. 한참 후 입가에 침이 흐르는 느낌이 드니 눈이 번쩍 떠졌다. 그리고 이내 입가를 손으로 훔쳤다. 내 인기척에 강 선생도 깨어서 나를 바라보며 말을 걸었다.

"왜 무슨 일 있어요?"

"혹시, 나 침 흘렸어요? 침 흘리는 것 같아 깜짝 놀라 깼어요." 그러자 그는 "아! 이 내용도 써넣으면 재밌겠다." 하면서 연필로 무언가를 써 내려갔다.

"난 이상하게 연필로 글을 써야 잘 떠올라요. 그것도 몽당연필로……."

기차는 곧 여천을 지나고 여수에 도착했다. 저녁 6시가 좀 지났는데 벌써 어두워졌다. "이제 어디로 가죠?"하고 내가 물었더니 여수에서 북쪽으로 올라가면 만성리 해수욕장이 있는데 거기로 가서 여천댁의 고향인 바다를 느껴보잔다. 택시를 타고 만성리 해수욕장으로 출발했다.

잠시 후 자그마한 터널이 나왔다. 반대편에서 차가 오니 잠시 옆으로 피했다가 다시 출발하고 우리가 진행하니 상대 차량이 피해서 기다려 주는 아주 좁은 터널이었다.

"이게 무슨 터널이기에 이리 좁아요?"

"아! 모르셨어요? 이 터널은 일제강점기 때 순전히 사람의 힘으로 쪼아서 뚫은 마래 터널입니다." 그때 내가 운전사 아저씨에게 세워달라고 하고는 내려서 사진을 찍었다. 굴 내부는 온통 돌덩어리였다.

일일이 곡괭이나 정으로 쪼아서 뚫었다니 얼마나 고생들이 많았을까? 벽에 난 자국들을 따라 손으로 훑어보았다. 망치가 정을 때리는 소리가 들리는 듯하다. 아마도 강제로 부역하다 다치기도 하고 죽기도 했으리라. 갑자기 센티멘털 소녀가 된 듯 울적해졌다.

굴의 길이는 그리 길지 않았다. 우리는 굴 밖까지 걸어 나가서 밖에서 기다리던 택시를 타고 해수욕장까지 갔다. 대체로 모래가 검었다. 천천히 모래사장을 걸으며 바다를 바라보는데 전봇대에 쓰인 낙서 하나가 눈에 띄었다.

'석♥희 우리 10년 후에 다시 여기 오자 1999년'

"히히, 한 2년쯤 남았네! 과연 그들은 다시 여기에 올까?"

저녁을 먹으러 근처의 식당으로 갔다. 우리는 바다가 잘 보이는 2층으로 올라갔다. 겨울밤 바닷가! 어두워 잘 보이지도 않고 해변이 가로막아 너무 멀다. 된장 매운탕으로 저녁을 때웠다. 그럭저럭 먹을 만했지만 고추장을 사용한 매운탕보단 못한 것 같다.

"우리 다음 스케줄이 어떻게 돼요?"

"아, 예, 이 근처에서 묵고 내일 여천에 있는 흥국사란 절로 갔다가 수산시장과 오동도를 들르려구요."

"흥국사요? 거기가 어딘지는 모르겠지만 여수에선 향일암의 일출이 유명한데 우리 거기로 가요."

우리는 식사를 마치자마자 택시를 타고 향일암으로 출발했다.

'이 아저씨 아무런 계획도 없이 온 것 같네……. 향일암도 모르다니…….' 시시때때로 야경이 변한다는 돌산대교에서 잠시 쉬고 다시 출발했는데 고불고불한 산길을 과속으로 달리니 멀미가 나려 한다.

"아저씨 좀 천천히 가주세요. 멀미 날 것 같아요." 그러자 강 선생은,

"택시를 타도 멀미를 해요?" 하자 기사 아저씨가 대답한다.

"사실 택시 타도 이런 길에서 멀미하는 사람 많습니다. 좀 천천히 가겠습니다."

향일암 근처의 여관촌에 도착했다. 일출을 보러온 관광객들이 많아서인지 바다가 잘 보이는 빈방을 잡기는 쉽지가 않았다. 할 수 없이 좀 허름하지만 바다가 보일 것 같은 모텔로 들어갔다. 그를 따라 들어갔는데 너무 어이가 없었다.

5. 모텔에서

"아니? 방 2개를 잡는 게 아니에요?" 그러자 그의 표정이 오히려 더 어이없어한다.

"……."

"어떻게 우리가 한방을 써요?"

"……."

"나는 방 2개를 잡는 줄 알았어요. 그렇지 않으면 찜질방으로 가든지……."

"지금 와서 찜질방으로 다시 가기도 그렇고 방 1개를 추가로 잡으면 오히려 그게 더 이상할 것 같은데……."

"……."

내가 창문을 열어 밤바다의 경치를 바라보는데 욕실로 들어갔던 그가 대야에 따뜻한 물을 떠 가지고 방으로 들어왔다.

"여기 앉아요……."

"뭐야? 뭐 하는 거예요? 내 발을 닦아 준다구요?"

"글 속에는 발 닦는 건 없지만 한번 우 여사님 발 닦아드리고 싶었어요. 그런 후 간단하게 안마를 하겠습니다." 여천댁의 작은어머니 댁에 도착한 후 잠자리에 들기 전 안마를 해 준다는 내용이 있단다. 그런 기분을 느껴보려고 꼭 안마를 하겠다는 것이다. 한사코 사양했지만, 막무가내로 잡아 앉힌다.

'후……. 이것 참 난감하네……. 발을 닦아준다는 건 사랑과 존경의 의미가 있는 것 같은데……. 나~~ 원~~ 참!'

앉은 자리가 낮아서 베개 2개를 포개놓고 앉은 후 대야에 발을 담갔다. 그가 매니큐어를 칠한 엄지발가락을 손가락으로 만지작거린다.

"흐흣, 이곳도 입술처럼 빨갛네요." 그런 후 발가락 사이사이와 발등, 발바닥까지 문지른 후 비누칠까지 했다. 다시 물을 떠 와 헹군 다음 수건으로 마무리까지 한다. 내 얼굴은 뜨거워졌고 어떻게 해야 할지 모르겠다. 뜨거운 얼굴을 두 손으로 감싸자 나도 모르게 떨리는 음성이 새어 나왔다.

"어휴……. 이를 어째! 이를……." 곧이어 이불을 펴더니 나를 엎드리게 했다. 목 뒤부터 천천히 지압하는데 우드득! 우드득! 소리가 났다. 아프면서도 시원하다. 팔과 다리까지 주무른 후 등짝을 살짝 내리친다.

"짝……."

'어쭈! 아마추어치곤 제법인걸!' 가족끼리 태국 여행을 갔을 때 마사지를 받았었는데 그때에 비하면 아무것도 아니지만 어쨌거나 시원했다. 이렇게 안마했을 때 여천댁은 눈물을 글썽이며,

'혼자 사는 년만 불쌍해요…….'라고 했다고 한마디 한다.

서먹서먹한 분위기가 이어질 즈음 서 있는 나를 뒤에서 갑자기 껴안았다. 내 배를 잡은 두 손을 풀려 하자 막무가내로 더 힘을 준다.

"이것도 글에 나와 있어요?" 그러나 묵묵부답 아무런 대답 없이 그냥 힘만 주고 있다. "아휴 힘들어요. 이 손 놓아요."

"우 여사님! 완성되지도 않은 글 하나 때문에 같이 가자고 한 말 너무 고마웠구요, 아까 마래 터널 가기 전에 운전사한테 우리 문학기행 왔다고 말했을 땐 나 기절하는 줄 알았어요. 이 허접한 글을 그렇게 좋게 평해주다니……. 우 여사님이 쓰는 맘씨가 너무 예뻐서 내 가슴이 뛰는데 아무래도 뽀뽀를 해야 풀릴 것 같아요……."

"……."

"……."

6. 향일암에서

이 사람 지금 상태라면 등 뒤에서 내 배를 잡고 있는 손을 풀지 않을 것 같다는 생각이 들었다. 도저히 이대로는 풀어줄 것 같지 않았다.

"알았어요. 알았어! 그러니까 손 좀 풀어요……." 그런 후 나는 살며시 눈을 감았다. 그러자 그의 입술이 강하게 내 입술을 덮쳤다. 윗입술과 아랫입술을 번갈아 부비더니,

"혀 좀 줘요……. 혀 좀" 한다.

'이 아저씨 정말! 뽀뽀만 한다더니…….' 그의 혀가 내 입안에서 유영하기도 하고 살짝 내민 내 혀를 힘껏 빨아 당기기도 한다.

"아……." 아프면서도 짜릿하다.

"이젠 그만 해요. 그만." 내 말에 아랑곳하지 않고 그는 좀 더 내 입술을 부빈 후 입술을 떼었다. 부끄러움에 내 얼굴은 용광로처럼 후끈 달아올랐다. 이유 없이 가슴은 뛰었고 호흡도 거칠어졌다.

"후……. 내가 미쳤어! 미쳤어! 어쩌자구……. 후……." 빈손으로 얼굴에 부채질한 후 그의 가슴을 여러 차례 주먹으로 두들겼다. 지금까지 나는 몰랐다. 별로 재미도 없는 키스를 왜 많은 사람이 즐기는지를……. 그러나 이제는 알겠다. 그의 입술은 촉촉하고 어린아이의 피부처럼 부드러웠으며 젤리처럼 쫀득쫀득했다.

그 키스의 여운 때문인지 쉽게 잠들지를 못하고 이리 뒤척 저리 뒤척거렸다. 이어폰을 끼고 핸드폰에 저장된 음악도 들어보았지만 쉽게 잠이 들지 않았다. 한참 후 잠들려고 하는데 그가 내 머리 밑을 살며시 팔로 괴인다.

강 선생이 팔베개를 해주려는 것 같았다.

"흐흣……." 어이없는 웃음이 나왔다.

'뭐야? 이 아저씨!' 내 웃음의 뜻을 알았는지 5분쯤 있다가 팔을 빼고는 이내 자기 자리로 가서 눕는다. 다음 날 새벽 6시 반쯤 내가 일어나 부스럭거리자 그도 깼다.

"몇 신데 벌써 일어나요?"

"빨리 서둘러요. 해 뜨겠어요!"

"날이 흐려서 오늘 해 뜨는 것 못 볼 것 같은데……."

'에이, 이 아저씨! 방정맞은 소리!'

향일암까진 그리 멀지 않았지만 수많은 계단으로 이루어져 숨이 가빴다. 쉬엄쉬엄 올라가는데 얼굴에 송골송골 땀이 맺혔다. 그때 어떤 나무에 핀 빨간 꽃이 눈에 들어왔다. 동백꽃! 동백꽃이 피어 있었다. 어제 택시기사의 말로는 아직 피지 않았을 거라 했는데……. 그 아저씨 관광 안내를 어떻게 하는 거야? 자기 지역의 사정을 잘 알지도 못해……. 내가 올라가는 걸 어려워하자 살며시 내 손을 잡아끈다. 거부감이 들지 않아 뿌리치지 않았다.

"우 여사님! 통통하고 아담한 몸매와 빠알간 입술이 동백나무의 이파리와 꽃잎을 닮았네요. 사실 환하게 웃을 땐 동백꽃보다도 더 이쁘네요." 순간 얼굴이 빨개졌다.

'뭐야? 이 나이에……. 순전히 작업성 멘트라는 걸 알면서도 부끄럼을 타다니…….' 드디어 향일암! 벌써 많은 사람이 해가 뜨기를 기다리고 있었다. 그러나 날이 너무 흐리다.

아무리 기다려도 해가 뜨지를 않는다. 해 뜰 시간이 한참 지난 후 구름 사이로 반짝 비추고는 이내 다시 구름 속으로 숨어 버렸다.

"에이……."

여천댁이 작은엄마와 진혁을 위해서 뭔가를 빌었다는 대웅전을 둘러보고 우리는 이 산의 정상인 금오산으로 올라갔다. 거의 바위로 이루어진 금오산은 계단만큼 올라가기 힘이 들었다. 정상쯤 도착했을 때 깜짝 놀랐다. 커다란 바위에 거북 등짝 같은 무늬가 새겨져 있었기 때문이었다.

이 산은 거북이가 바다로 들어가는 형상이 특징이라고 하더니 어떻게 이런 우연이 있을 수 있을까? 많이 닳아서 희미했지만 분명 거북 등과 거의 같은 무늬였다. 거참 희한하다. 자연적으로 생긴 건가? 아님 누가 새겨 넣었을까? 를 생각하며 우리는 반대쪽으로 하산했다. 내려오다 생각하니 궁금한 게 하나 있어서 물어보았다.

"아? 강 선생님! 어제는 토요일이었었는데 애들 안 가르쳐요?"

"……사실 나 지난주에 그만뒀어요……. 아니 짤린 거죠 뭐!"

"예?"

7. 여수 여행 2

"학원에서 국·영·수 위주로 가르치느라 사회과목을 맡은 내가 잘렸습니다."

나는 아무런 말도 해 주지를 못했다. 어쩐지 진혁이란 사람과 강 선생의 이미지가 비슷한 것 같았는데 이런 일이 있어서 그랬구나…….

"다른 학원 알아보지 그러셨어요?"

"적성에 안 맞는 것 같아 이번 기회에 다른 일을 찾아보고 싶은데 마누라의 눈치가 너무 무서워 이러지도 저러지도 못하고 있습니다."

"뭐 하고 싶은 일이 있으세요?"

"예……. 내가 하고 싶은 일은 내 전공을 살리는 일입니다. 사회학을 전공했으니 봉사단체나 시민단체 등 뭐 그런 거요……. 그런 곳은 보수가 너무 작아 지금 두 애가 중·고등학교에 다니는데 도저히 유지할 수가 없네요…….” 애들이 중·고등학교에 다닌다기에,

“선생님 나이가 어떻게…….”

“쉬뛉니다…….”

“예? 나보다 두 살이나 아래인 동생이었구먼!” 나도 모르게 반말이 튀어나왔다.

그도 놀랐다. 내가 대학교에 다니는 두 아이가 있다는 것을…….

“그렇게 안 보여요. 나는 나이 많은 아가씨쯤으로 알고 있었어요…….”

‘이 아저씨 눈도 어지간히 나쁘네……. 자식이 대학까지 다니는데 나를 나이 많은 노처녀로 알고 있다니…….’

“강 선생님! 내가 누나인데 우리 말 놓아요……. 아니 놓자!”

“그러…… 죠. 뭐…….”

“그래도 뭐 하고 싶은 게 있을 게 아냐?”

“하나 있긴 있어! 그렇지만 돈도 별로 안 되고 일시적인 일이야!”

“뭔데?…….”

“아프가니스탄에서 어린이를 대상으로 영어를 가르치는 일이야. 한 6개월쯤 돼…….”

“뭐? 그 일을 하고 싶어? 그럼 해! 하면 되잖아!”

“임시직에다 보수도 얼마 안 되고 마누라 눈치도 보여서…….”

“내가 보니까 강 선생! 지금까지 할 만큼 한 것 같아! 하고 싶은 게 있다면 과감하게 해! 보수가 전혀 없는 것도 아니잖아…….” 그러자 그의 눈에 약간의 이슬이 맺혔다. 그리고 목멘 목소리로,

“그럼 한번 지원해 볼까?”

"…."

"어……. 진짜 누님같이 시원시원하네……."

어느덧 산 아래 향일암 아래 식당촌에 도착했다. 아침 식사를 하러 아무리 둘러봐도 온통 횟집뿐이다. 엊저녁처럼 된장 해물탕으로 아침 식사를 하고 버스를 탔다. 사람들이 많은데도 운 좋게 해변이 보이는 오른쪽 자리가 있어 그도 앉혔다.

한참을 가다 해양박물관이란 안내가 나와서 예정에도 없던 우리는 그곳에 내려서 온갖 신기한 물고기와 어구들이 전시된 박물관을 관람했다. 다시 버스를 타고 시내로 나오는데 그의 표정이 심상찮다. 멀미했는지 토했단다. 내 종이 가방을 들고 있었는데……. 그 속에다가……. 우리는 여수역에 도착하기도 전에 급한 대로 아무 데서나 내렸다. 내리고 보니 그 근처에 진남관이란 조선 시대 이순신 장군이 사용했던 건물이 보였다. 진남관 화장실에서 종이 가방을 정리하고 그 속에 들어있던 머플러를 빨았다.

그리고 근처의 약국에서 멀미로 인한 약을 사기에 나도 속이 편치 않아 소화제를 하나 샀다. 진남관을 둘러보니 점심때가 다 되어 어시장으로 들어갔으나 맛있는 횟감을 두고 그저 젓가락만 끼적끼적했다. 둘 다 입맛을 잃어버렸으니 그럴 수밖에……. 식사 후 오동도로 출발했다.

바람은 약간 쌀쌀했다. 그의 컨디션이 눈에 표시 날 정도로 나쁘다. 추위도 타는 듯했다. 한 25년 전 여수역 부근의 여관에 묵었었는데 그때 동백꽃처럼 예쁜 아가씨가 전화를 받고 즐겁게 나가던 것이 기억난다고 했다. 그런 내용도 글에 있다고 하는데 약간의 질투심이 나는 것은 웬 조화일까? 우리는 오동도의 동백 숲을 천천히 둘러보다 전통차를 한 잔씩 마셨다.

8. 최종회

오동도를 한 바퀴 둘러보고 다시 여수역으로 돌아오니 올라가는 기차 시간이 한 30분쯤 남았다. 가만히 생각하니 이곳에서 땅끝마을까지 그리 멀지 않은 것 같아 그에게 말했다.

"나 여기 온 길에 해남 땅끝마을 좀 둘러보고 올라갈까 봐요……."

"예?"하며 놀라더니 글의 내용에선 진혁이만 여수에서 혼자 올라간댄다. 여천댁이 몸이 불편한 김 씨의 청혼을 받아서 더 머물러야 하기에……. 그의 모습이 너무 안쓰러웠다. 글의 내용과 지금의 현실에 대해서 그도 나도 뭐가 뭔지 혼돈되었다.

"에이, 거긴 다음에 가죠, 뭐."

열차 안은 따뜻했다. 한참을 달리니 창밖에는 함박눈이 펑펑 쏟아지고 있었다. 내가 입고 간 코트를 벗어 그와 함께 덮었다. 자연스레 그의 손이 내 손 위에 얹어졌다. 우리는 금세 잠이 들었다. 꿀보다 더 달콤한 잠에서 깨어났을 땐 기차가 막 조치원을 지나고 있었다. 다음이 천안이다.

"나 내릴게요. 잘 올라가세요." 그는 그저 고개를 끄덕인다. 한 주가 지난 어느 날 남편이 샤워를 마치고 머리를 수건으로 털면서 나오는데 입술이 동백꽃 꽃잎처럼 새빨갛다.

"당신! 오늘따라 유난히 입술이 새빨갛네!"

"남자들은 원래 입술이 빨갛잖아……. 어? 뭐야 자네 그 눈빛은? 꼭 덮칠 기세네……."

"왜 나는 그러면 안 돼?" 그리곤 남편을 꽉 껴안고 키스를 퍼부었다.

키스가 끝나자 남편은 기분 좋은 얼굴을 해 가지고 한마디 한다.

"뭐야? 당신! 꼭 발정 난 암캐 같았어!"

나는 아무런 말도 하지 않고 식탁으로 가서 물 한 잔을 마신 다음 손가락을 입술에 대 보았다. '어쩜! 남편의 입술도 아이의 피부처럼 부드럽고 젤리처럼 쫄깃하냐? 여태껏 몰랐네…….' 그로부터 또 한 주가 지난 어느 날 사무실로 우편물 하나가 왔다.

받는 이: 우정란. 보낸 이: 강진수. 강진수? 첨 보는 이름인데?……. 봉투를 열어보니 거기에는 A4 용지로 된 출력물이 하나 나왔다.

'로맨스그레이 [한낮의 꿈]'

'아? 강 선생이 보낸 것이구나. 완성한 모양이네…….' 그리고 쪽지 하나가 더 나왔다.

'우 여사님 지난번엔 실례가 많았습니다. 그리고 고마웠구요. 그날 우 여사님으로부터 용기를 얻어 아프가니스탄으로 어린이들에게 영어를 가르치러 떠납니다. 아마 이 글을 볼 때쯤은 난 이미 아프가니스탄에 도착해 있을 겁니다.

그리고 우 여사님! 우 여사님의 소원은 미술 선생님이 되고 싶다는 거였죠? 지금부터 시작해서 될 수 있기는 힘들겠지만 적어도 그림은 그릴 수 있지 않을까요? 나는 믿습니다. 우 여사님은 꼭 해낼 수 있으리란 것을…….'

'그러네……. 내가 지금부터 미술 공부를 해서 미술 선생이 되기는 쉽지 않겠지만 그림은 그릴 수 있지 않나? 그동안 남편과 두 아이 뒷바라지만 하느라 꿈에서도 그런 생각을 못 해 봤는데……. 그래! 하는 거야! 못할 게 뭐 있어!'

순간 내 가슴은 두근두근 뛰기 시작했다. 나는 아이들 방으로 뛰어 들어가 서랍을 뒤지기 시작했다. 제일 아래 서랍을 열자 크고 작은 붓과 반쯤은 굳어버린 수채화 물감이 눈에 들어왔다. 애들이 초등학교 다닐 때 사용하던 10년도 더 된 화구들! 나는 그것을 가슴에 꼭 껴안고 미친 듯이 큰소리를 치며 방 안을 쏘다녔다.

“아~~~ 아~~~ 아~~~ 아~~~”

終

에필로그

이 보잘것없는 끄적거림이, 나의 작은 가슴에 잉태하여 나름대로 어렵게 탄생했다. 새 생명 탄생만큼은 아니지만 나에게는 너무 소중하고 귀하다.

2009년 12월부터 2013년 8월까지 아내와 함께 걸었던 백두대간 종주보다도 더 힘들었다. 많이 부족하고 미흡하지만 가장 뜻깊고 어려운 버킷리스트 하나를 마친 듯해 뿌듯하다. 다만 아쉬운 것은 이 글에 삽화를 넣고자 모바일아트를 배웠는데 뒤에서 누군가가 회초리를 들고 채근하는 듯하여 한 컷도 그리지 못했다. 혹시 다음에 또 한번 책을 내라고 기회를 주는 것일까? 그때는 삽화까지 그려 넣어야지. 어쨌거나 이 글이 나오도록 도와주신 모든 분과 출판사 관계자분들, 특히 옆에서 채근하고 닦달한 아내에게 고마움을 전한다.

즐겁고

행복하고

활기차게

2024년 66세 들풀

the Bucket List

Bucket List

버킷리스트란 죽기 전에 하고 싶은 일이나
꼭 해야 할 일을 적고 실행하는 것이란다.
중세 유럽에서 스스로 생을 마감할 때나
교수형을 시킬 때 버킷을 뒤집어 놓고 그 위에 올라가서 목에 줄을 건
다음 그 버킷을 차버린다는 데서 유래했다고 한다.
즉 버킷을 차라!(Kick the Bucket)에서 나온 말로
'죽기 직전 무엇을 해보고 싶냐'로 쓰인다.
난 개인적으로 이 말을 좋아하지 않지만 뭐 뾰족한 다른 말이 없어
적당한 말이 나올 때까지만 Bucket List란 말을 쓰련다.

과거에는 (학교에서) 배우고 (직장에서) 일하고 (퇴직 후엔) 쉬었는데 지금은 기대수명이 연장되어 일하고, 배우고, 쉬는 행동을 같이 해야 한다고 한다

좋아하는 것 / 하고 싶은 것 / 해야 할 것

1. 건강
2. 경제
3. 활동
4. 여가
5. 관계
6. 주말농장
7. 마무리
8. 기타

1. 건강

- 아침체조

- 스토리가 있는 건강
  * 백두대간 종주 완주
  (2009.12.09. ~ 2013.08.25.)
  * 이순신 장군의 백의종군길 걷기
  (2022.12.25.~)

- 건강수명 늘리기

- 롤러블레이드 타기

- 100대 명산 등반하기

- 전국 둘레길 걷기

- 동네 뒷산 용와산 등산하기

2. 경제

- 국민연금
  들쭐 / 2020년부터 수령

- 오래도록 현역 종사하기
* 요양보호사
* 북한 관련 일

- 수익 창출하기
* 통장일
* 텃밭

- 자동차 구입
- 여행경비 준비
- 건강비용 준비

3. 활동

- 현역 활동 늘리기
  ~ 현직
  ~ 제주도
  ~ 주말농장
  ~ 요양보호사

- 주말농장일
- 통장일
- 봉사활동 및 기부

- 기타

- 공부하기
* 동학: 최재우, 이순신
* 책 읽기
* 글쓰기(글쓰기 정리, 단편 쓰기, 백두대간 종주기 쓰기)

4. 여가

- 국내 여행
* 제주도에서 3개월 이상 살아보기
* 섬 체험
* 국내 축제 찾아다니기
* 지방에서 1개월 이상 살아보기 (강릉, 경주, 부산, 진도)

- 해외여행
* 유럽, 미국, 중국, 일본, 동남아
* 해외에서 1달 살아보기

- 취미
* 요리하기(요리 배우기: 2022)
* 노래녹음(10곡~12곡)
* 드론 배우기(2023)
* 드럼 배우기
* 웰빙댄스
* 도자기 배우기(2023)
* 캐리커처 배우기
* 만화 그리기
* 유튜브 도전하기
* 모바일아트(2023)

5. 관계

- 가족 간
* 대소사, 명절
* 손자와 놀아주기(드론, 드럼, 롤러블레이드 등)

- 친지 찾아보기

- 초등 동창, 동네 모임
  친구 찾아보기
  선생님 찾아뵙기

- 고등, 어울림 모임

- 통장
- 노인정
- 수철리
- 봉사활동
- 기타

6. 주말농장 생활하기

- 농막 꾸미기
  CCTV 설치하기(2023)
  페인트칠하기
  어닝, 데크 설치

- 과수원 관리
  병충해, 시비, 가지치기, 제초, 수확

- 채소밭 관리
  병충해, 시비, 제초, 수확

- 하우스 관리
- 원두막 짓기
- 울타리 치기
- 작품설치
- 기타

7. 인생 마무리 준비하기

- 수의 만들기
  70세 때 준비하기

- 묫자리 준비하기

- 연락처 준비하기

- 남길 말 준비하기

- 죽기 전 지인 초대하기

8. 기타

완료 목록

-백두대간 종주
2009.12.19.~2013.8.25.

-한라산 등반

-백두산 등반: 폭설로 장백폭포 까지만 등반

-제주 해변 자전거 일주 (3/4 완료)

-금북정맥 거점산행 완주

-농막 짓기: 스스로 농막을 지으려고 했으나 여건상 구입함

-필리핀 돕기

-튀르키예 지진 돕기

-책 한 권 내기(2024)

보류 목록
-태권도 1단 도전
-마라톤 완주하기 - 5km, 하프, 풀코스 등
-철인3종경기 완주하기
-행글라이더, 패러글라이더 타보기
-수상스키로 한반도 해변 주위 돌기
-선조왕 청문회 보내기
-해안가 자전거 일주
-텃밭 분양
-인생의 빗물 저축하기

타인의 Bucket List

영어 마스터하기
히말라야 등반하기
오로라 보러 가기
시내버스로만 부산까지 가기
경비행기 몰아보기
책 한 권 내기
국내, 해외에서 한 달 살아보기
영화 엑스트라 출연하기
외국인 친구 만들어 보기
크루즈 여행하기

버킷리스트

들풀 이용섭의 기록

초판 1쇄 2024년 02월 10일

지은이 이용섭
발행인 김재홍
교정/교열 김혜린
디자인 박효은
마케팅 이연실

발행처 도서출판지식공감
브랜드 문학공감
등록번호 제2019-000164호
주소 서울특별시 영등포구 경인로82길 3-4 센터플러스 1117호 (문래동1가)
전화 02-3141-2700
팩스 02-322-3089
홈페이지 www.bookdaum.com
이메일 jisikwon@naver.com

가격 15,000원
ISBN 979-11-5622-853-0 03810